KB173545

요망진 식물집사

사계절, 자연 색에 물들어 살다

요망진 식물집사

제주 중산간 송당리에 펼친
식물, 꽃, 고양이 집사의 인생 정원,
송당나무 이야기

이선영 지음

책冊

송당나무의 하루

오후 5시, 일을 마치고 집으로 올라갈 준비를 합니다.

가게에는 아직 남편과 손님들이 있어요. 카페의 공식 클로징 타임은 오후 6시지만 여름과 겨울은 일몰 시간 기준으로 조금씩 바뀝니다. 이곳 송당리는 시골이라 해가 떨어지면 세상이 온통 깜깜해집니다. 길가에 가로등 하나 없는데, 있다고 해도 농작물 때문에 불을 켜놓을 수가 없어요. 특히 콩 같은 작물은 불빛을 받으면 열매를 맺지 못하는 터라 콩밭 부근의 가로등은 누군가가 아예 돌을 던져 깨버린 곳도 많습니다. 우리 카페도 시골 구석에 자리했으니 햇빛에 의지해 가게를 열고 닫는 것은 어쩔 수 없는 현실입니다.

학교에서 돌아온 우리 초등학생 꼬맹이도 집으로 올라갑니다. 한창 크는 나이여서 하루에도 스무 번씩 냉장고 문을 열었다 닫았다 하죠. 밥을 산처럼 먹는 남자아이 둘에 먹는 게 즐거움인 남편. 이 세 사람을 위해 매일 푸짐한 저녁을 준비해야 합니다.

온실 건물에서 집까지 100여 미터. 이 짧은 길을 올라가는 동안 아직도 가끔은 이곳의 삶이 꿈만 같다고 생각합니다. 온실 풍경 너머 멀리 수평선이 보이고 수평선 너머에선 이른 한치잡이 배의 불빛도 어른거립니다. 수평선보다 조금 가까이 김녕 방향에선 풍력발전기의 하얀 날개가 천천히 돌아갑니다. 그뿐인가요. 안친오름, 다랑쉬오름, 높은오름, 돗오름은 어릴 적 제주에서 처음 마주한 '엎어둔 초록색 밥공기' 모양 그대로입니다(아름다운 오름을 보고 초록색 밥공기라니. 하지만 멋진 말로 표현하지 못하는 딱 저 같은 비유입니다). 그리고 우리 부부가 '몸을 갈아 넣으며' 꾸미는 정원도 내려다보입니다. 사실 이런 모습을 보고 싶어 송당리에 왔고, 지금 눈앞에 펼쳐진 정경은 8년 전 제주에 들어올 때 꿈꾼 그대로입니다. 흰 도화지에 하나하나 선을 긋고 물감을 풀어 색을 메워나가듯이 꽃과 나무를 심으며 매일매일 조금씩 이뤄낸 결과죠. 아직 미완성이지만 언젠가는 완성된 그림이 되리라 믿습니다. "정원을 완성하는 시점은 가드너가 죽는 순간이다." 정원을 가꾸는 지인의 말처럼 가드너는 화가가 붓을 들듯 호미를 쥐고 완성의 순간을 위해 대지에 그림을 그려갑니다.

이 아름다운 풍경과 함께 잡초도 눈에 띕니다. 지난 큰 비에 뿌리가 쓸려내려간 나무, 고양이가 벅벅 긁어낸 새로 심은 꽃 모종도 보이고요. 바람에 실려 가서 엉뚱한 곳에 싹을 틔운 터라 다시 자리를 잡아 심어줘야 할 어린아이 같은 새싹도 발견했습니다.

하우스 문은 제대로 잠갔던가? 동쪽 창가 코너의 부겐빌레아에 물을 줬던가? 하우스 안에 고양이들이 있는데 문을 잠갔으면 어쩌지? 아, 저쪽은 어째서 스프링클러의 물이 제대로 안 닿았지? 아니, 신랑한테 수국나무 옮겨 심으라고 말한 지 30년은 된 것 같은데 아직도 안 한 거야? 내 일에서 시작된 상념의 마지막은 언제나 그렇듯 남편을 향한 화살이 됩니다. 그래요, 저도 압니다. 이 모든 게 자기변명이라는 걸요. 하지만 이렇게라도 변명을 해야 끝도 없는 정원일, 다람쥐 쳇바퀴 도는 듯한 시골의 삶에서 조금이나마 위안을 받는답니다.

가끔씩 왜 그렇게 쉬지 않고 일하냐는 질문을 받습니다. 일거리가 계속 눈에 보이니 안 할 수가 없는 노릇이죠. 아무리 시간을 갈고 몸을 갈아가며 일해도 누군가의 눈에는 정리 안 된, 생각보다 실망스러운 모습으로 보이는 게 바로 정원 일이거든요. 하지만 하나님은 아실 겁니다. 천 평 넘는 송당리 정원을 저와 신랑 온전히 둘이서 이리 뛰고 저리 뛰며 열심히 가꾼다는 걸요.

어쨌거나 지금은 정원을 뒤로하고 빨리 집으로 올라가 밥상을 차려야 할 시간. 오늘 저녁은 가족 모두 좋아하는 돼지고기 왕창 넣은 김치찌개입니다.

Contents.

4장
|
식물과 함께여서 배운다
사계절, 낭만이되 낭만 아닌
환상 깨기 식물 생활

Epilogue.

쓸데없는 경험은 없음을 깨달은
7년의 제주 송당나무 정착기

1장

제주, 또다시 식물과 인연 맺다

서울 토박이의 귀촌 결정법

어린 시절 소박한 이층 양옥이 대부분인 서울 외곽의 작은 동네에 살았는데 열댓 평 크기의 마당도 있었습니다. 부모님이 나무를 좋아하셔서 직접 심고 키우는 나무가 마당을 가득 채웠습니다. 결혼할 즈음엔 이층집 높이를 훨씬 넘어선 감나무부터 꽃사과나무, 무궁화, 서울에선 참 흔한 라일락까지 다양한 나무가 공생하던 마당을 기억합니다.

그 집을 떠올리면 마당과 나무에 관한 기억이 많은데, 제가 식물을 워낙 좋아해서 그런 것 같습니다. 그때만 해도 정원을 가꾸고 식물을 기르는 건 비싼 취미였어요. 지인에게 얻은 바이올렛 잎사귀를 작은 화분에 심어서 금이야 옥이야 키우든가, 스킨답서스 한 줄기를 얻어 마루 벽을 열대우림처럼 만드는 것이 엄마들의 소소한 즐거움이었죠. 저는 마당 꾸미는 걸 좋아하는 부모님 덕분에 식물에 얽힌 추억을 남들보다 좀 더 많이 가질 수 있었다고 생각합니다.

물론 매일 좋은 일만 있었던 건 아니에요. 집보다 높아진 감나무에 수백 개씩 달린 감을 딴다고, 군대 간 동생 대신 사다리에 매달려 고래고래 소리지르던 웃픈 기억도 떠오릅니다. 하지만 이 모든 것이 이제 제게는 귀한 추억일 뿐입니다.

　제가 꽃 일을 직업으로 삼은 것 말고 정원과 식물에 더욱 큰 관심을 가진 결정적 계기는 결혼하고 아파트로 이사한 일이었습니다. 작은 아파트에 신접살림을 차리고 보니 땅에서 멀리 떨어져 허공에 발을 내딛고 사는 듯한 불안감이 느껴졌습니다. 아파트가 무너져 내리는 꿈을 꾸기도 하고, 남에게 피해주는 걸 싫어하는 성격 탓에 남편과 아이가 살금살금 걸어도 "조용히 살살 걸어!"라며 소리지르곤 하는 제가 참 싫었습니다. 저는 그냥 대지에 발을 딛고 흙을 가까이하며 살아야 하는 사람이었나 봅니다. 이때부터 본격적으로 시골 생활을 꿈꾼 것 같아요. 어린 시절부터 《빨강머리 앤》이나 《초원의 집》 같은 동화의 삶을 동경해온 것도 매우 큰 영향을 미쳤을 겁니다.

　아이 낳고 살림과 가게 일을 병행하면서 시간이 흘렀습니다. '시골 생활을 향한 꿈'은 머릿속을 맴돌 뿐이었죠. 그런데 30대 초반, 돈 욕심에 가게 세 곳을 한꺼번에 운영하면서 건강이 나빠졌습니다. 고혈압과 고지혈증에 편두통까지 심해졌는데, 남편 또한 여기저기 아프기 시작했습니다. 게다가 매일 밤늦게까지 일하고 새벽 2시경 친정에서 자는 아이들을 깨워 집에 데려와야 했으니 아이들에

게도 몹쓸 짓이었습니다. 문득 생각했습니다. '아, 이렇게 살다가는 정말 하루아침에 죽을 수도 있겠구나.'

고민 끝에 마음의 결정을 내리고 남편에게 통보했습니다.

"나 내일 당장 죽을 수도 있는데 하고 싶은 건 해보고 죽어야겠어요. 나는 시골 가서 살게. 애는 데리고 갈 거니까 당신은 혼자 살든지 아님 따라오든지."

남편 성격을 아는 터라 아무 말 없이 따라올 걸 500퍼센트 확신했고, 결국 신랑은 울며 겨자 먹기로 제주행을 선택했습니다. 이렇게 우리 가족은 제주에 살기 시작했습니다.

'무슨 결정을 저렇게 쉽게 해?'라고 생각할 수도 있겠지만, 제 성격을 아는 지인들은 고개를 끄덕일 것입니다. 저는 성격이 좀 별난 편입니다. 한번 결정하면 그대로 쭉 나아가며 매우 열심히 해냅니다. 물론 충동적으로 결정하는 건 절대 아닙니다. 긴 시간 매우 치밀하게 이것저것 알아본 다음 제 마음의 저울에 놓고 재어봅니다. 이때 잘 쓰는 방법이 바로 부등식인데, 문제가 생기면 '이걸 했을 때'의 득과 실을 부등식에 올려서 답이 나오는 방향으로 직진합니다. 선택 장애 같은 건 없습니다. '='라는 건 숫자 외엔 존재하지 않으니까요. 어떤 문제든 오른쪽 혹은 왼쪽으로 부등호 기호가 벌어지니 그에 따라 선택하고 열심히 사는 게 정답 아닐까요? 단순해 보여도 그게 저의 성격이고 삶의 방식입니다.

제주 왕할머니 마을, 송당리

　송당마을 정원과 귀촌에 안착하기까지 저 역시 실패를 맛보기도 했습니다. 10여 년 전 서귀포 하예동에 땅을 사고 말았죠.

　제가 귀촌을 꿈꾸며 머리 싸매고 고민한 문제는 크게 세 가지였어요. 첫째, 다년생식물을 키우고 싶지만 월동 온도 면에서 북쪽보다 남쪽에 안전한 식물이 많으니 남쪽으로 내려가야 한다. 둘째, 양가 부모님의 생활권과 성격상 이동하는 걸 매우 싫어하신다. 양가의 유일한 손주인 아이들이 만나러 가든, 양가의 할머니 할아버지가 찾아오시든 이동 거리나 소요 시간이 적어야 한다(그래야 잔소리 들을 일이 적어진다). 셋째, 병원, 극장, 마트 등 도시생활권에서 30분 거리의 시골이어야 한다.

　그 고민의 결과 최적의 장소는 단연 제주였습니다. 최남단에 위치하지만 차로 몇 시간이나 달려야 하는 남해안과 달리 비행기로 한 시간이면 도착하는 데다 다양한 편의시설을 갖춘 제주시나 서귀포시는 제주 어디서든 30분이면 갈 수 있기 때문이죠. 당장 제주에 터전을 마련하자 싶어 아는 부동산 중개 사무실을 찾아 하예리 땅부터 덜컥 구입한 것입니다.

하예리는 언제 가도 아름다운 곳이지만 한 가지 놓친 부분이 있으니, 바로 '바다'라는 환경입니다. 제주 바다를 한 번도 경험해보지 못한 터라 제가 원하는 식물들은 남쪽에서 키우면 다 잘 크는 줄 알았던 것입니다. 하지만 태풍에 소금기 먹은 바람이 들어와 커다란 나무를 태우는 걸 눈으로 직접 확인하고서야 '아, 이건 아니다!' 싶더군요. 물론 소금에 강한 식물도 있지만 선택권이 너무 좁아져 버립니다. 저는 알록달록한 꽃이 좋은데 소금에 강한 식물들은 상대적으로 심심해 보이거든요. 게다가 제주에서 혼자 지내며 태풍 볼라벤까지 겪었습니다. '바다가 운다'라는 의미를 그때 처음 알았고, 그날로 바닷가 생활에 대한 희망을 접고, 대신 마음에 드는 마을을 찾아 제주 중산간 일주를 이어나갔습니다. 그렇게 만난 곳이 송당리입니다.

서귀포에서 시작해 시계 방향으로 중산간 마을을 돌다가 여러 가지 조건에 맞는 아주 좋은 터를 만났습니다. 초록색 밥공기 같은 오름이 있는 동네, 아름드리 삼나무들 사이로 말과 소가 누워 잠을 청하는 동네, 제주 어느 곳보다 나무가 많은 동네. 알고 보니 송당리는 제주 신화에 나오는 할머니들 가운데 '대장 할머니'를 모시는 마을이더군요. 그래서 기가 세다고 합니다.

　마을 당오름에서 1년에 네 번 정도 큰 제사를 지내는데, 가장 큰 제사 때는 도지사도 오고 방송국에서 취재도 할 만큼 다양한 행사가 펼쳐집니다. 기가 매우 센 동네라 외지인이 들어와 살기는 힘들다는 소리들도 하지만, 전 그냥 포근하고 나무 많은 동네로 느껴져요. 마을에 들어서는 순간 '이 마을이군!' 했으니까요. 외지인인 제가 당할머니보다 기운이 세서 그런 걸까요?

무작정 귀촌에서 무사 안착까지

　'이제부터 우리 가족이 살 곳은 송당리다!'라고 결정한 뒤 무작
정 송당리사무소를 찾아가 이주 절차와 빈집 등을 물었습니다. 그
런데 마침 그 당시가 제주 귀촌이 유행처럼 번지는 시기였고, 마을
에서는 송당초등학교 살리기를 위해(학생 수가 기준에 미달되면 강
제 폐교를 하기 때문에) 열두 가구가 살 수 있는 빌라를 지어놓았
더군요. 학교를 살리기 위해 마을 사람들이 오랫동안 모은 돈으로
다자녀 가정이 저렴하게 거주할 수 있는 빌라를 지은 것이죠. 당연
히 빌라 입주를 생각했지만 미리 신청한 가족들은 아이가 셋 이상
이란 이야기를 듣고 바로 신청을 포기했습니다. 주위에서는 다른 신
청자가 포기할 수 있으니 대기인에 넣어보라고도 했지만 지금 당장
송당리에 정착하겠다는 마음뿐이었거든요.

　그래서 송당교회를 찾아갔습니다. 모태신앙이기도 하고 어릴 적
부터 신앙 생활을 해온 터라 도움을 구할 수 있지 않을까 생각한 것

이죠. 송당교회는 작은 시골 마을에 어울리는 아담한 교회로, 이곳 목사님과 장로님 그리고 동네 어른들의 도움을 받아 임시로 살기에 적당한 집을 구했지만, 오랫동안 사람이 살지 않아 대공사를 거쳐야 했습니다. 다행히 공사 과정에서도 동네 어른들의 도움을 받았어요. 남편이 서울 집과 가게를 정리하느라 저랑 아이들만 먼저 내려온 게 안타까웠는지, 동네 어른들이 매일 찾아와 마당 정리부터 이주 서류 문제까지 이것저것 도와주셨습니다. 아이들을 학교, 유치원에 보내고 빈집에서 혼자 페인트칠을 하거나 사포질을 하고 있으면 "아이고, 애기 엄마가 무슨 그런 일을 하느냐"고 말리셨어요. 하지만 저는 그 모든 과정이 재미있는 놀이 같기만 했습니다. 그 후 지금의 땅을 구입하고 일궈나가는 과정 하나하나에도 동네 어른들의 엄청난 도움이 있었으니, 너무나 감사할 일입니다.

가게 이름을 '송당나무'라고 지은 것도 그런 이유입니다. 우리 가족이 송당리에 안착하기를 바라면서, 큰 도움을 주신 동네 분들의 바람대로 커다란 나무처럼 이곳에 깊게 뿌리 박고 잘 살겠다는 염원을 담은 것이지요. 어떤 분은 송당나무란 나무가 따로 있느냐 묻기도 하고 송당리 '할머니 모시는 나무'에 기도하러 가려는데 (교회 집사인 제게) 위치 좀 알려달라고 전화하는 무당분도 있습니다만. 송당나무는 '송당리의 큰 나무처럼 살겠다'고, 가족이 주문을 외우듯 다짐하는 그런 의미의 공간입니다.

어쩌다 꽃과 식물을 만났을까

하늘이 뚫린 것처럼 비가 쏟아집니다. 신랑은 온실 주변으로 물길을 트러 나갔고, 저는 비를 피해 들어온 손님들과 아늑한 온실에 남았습니다. 이곳에 잘 적응한 지금이야 '이따위 비쯤은!' 하지만, 귀촌 초기에는 실로 우당탕탕의 연속이었어요.

우리 부부는 둘 다 '서울 촌사람'입니다. 양가를 살펴봐도 시골 사는 분이 하나도 없으니, 명절 귀성길이란 게 뭔지도 모를 정도였죠. 그나마 저는 작으나마 마당 있는 집에 살아서 식물을 키워봤지만, 남편은 평생 아파트에 산 터라 지붕에 비 떨어지는 소리를 여기 와서 처음 들어봤다고 합니다. 그런 두 사람이 함께 꽃 일을 했지요. 플로리스트는 농부님들이 공들여 키운 예쁜 꽃으로 감각적인 디자인을 구상하고 실현하는 직업이니 시골 생활이나 농사를 전혀 몰라도 상관없습니다. 물론 요즘은 플로리스트들이 직접 농장 견학도 하면서 지식을 넓혀가려는 시도를 하고, 반포나 양재 꽃 시장에

가면 네덜란드 알스미어경매장에서 그날 비행기 타고 들어온 수입 꽃까지 손쉽게 구하는 등 제가 처음 꽃을 시작했을 때와는 환경이 많이 바뀌긴 했지만요.

20여 년 전 서양화를 전공하고 석사 과정을 밟는 중에 취미로 꽃을 배웠습니다. 친구 따라 꽃 배우러 갔다가 코 꿰인(?) 격입니다. 이때 함께 배운 분들이 그 당시 국내에서 꽤 규모 있는 꽃꽂이회를 운영하던 회장님들이라 한국 전통 방식의 꽃꽂이는 물론이고 웨스턴 스타일, 독일 스타일 그리고 일본식 이케바나까지 다양하고 수준 높은 과정에 입문할 수 있었습니다. 요즘 핫한 '코케다마苔玉 이끼볼' 디자인이나 '테라리움'까지 20년 전에 모두 익혔죠. 스승님은 '식물을 알아야 디자인에서 자유로워진다'고 하셨습니다. 그래서 꽃과 함께 식물도 꾸준히 공부하고 키워보기 시작했습니다.

꽃을 배우는 게 너무 재미있어 전공하던 공부도 그만뒀습니다. 처음 일을 배운 곳이 시아버지 가게였고 신랑은 시어머니 가게의 스태프였습니다. 일 배우러 가서 연애만 실컷 한 셈이지만, 덕분에 인생을 꽃에 바치기로 했습니다. 플로리스트 집안의 며느리가 되면서 가업을 잇는다는 사실 자체에 자부심을 가진 것 같아요. 워낙 좋아하는 일이고 잘하는 일이기도 했지만 막상 장사란 걸 해보니 그야말로 장사꾼 체질이더군요. 평생 교직에 몸담은 친정엄마는 이해하기 힘들어하셨지만, 돈 벌기 위해 몸과 머리를 쓰고 사람들을 만나는 생활에 큰 재미를 느꼈습니다. 다시 생각해봐도 정말 어이 없지만 욕심만 잔뜩 부려 결국은 가게 여러 개를 동시에 운영했고요. 앞서 이야기한 대로 우리 가족의 삶에 빨간 불이 들어왔고, 무조건 시골로 가고 싶어서 깊은 고민과 함께 철저히 준비했습니다. 저는 식물을 키우고 죽이길 반복하며 연습하고 공부하고, 신랑은 시골의 맥가이버가 되기 위해 다양한 교육에 집중하고. 이렇게 모든 준비를 마치고 귀촌한 나이가 서른여덟. 단순한 '용기'만은 아니었습니다. 내 성격은 어떤가, 신랑이 따라올까, 아이들이 시골 생활에 적응할까, 그리고 가장 중요한 문제인 뭘 해서 먹고살까, 이 모든 고민에 답을 내고 확신을 가졌으니까요.

시골 쥐가 시골에 내려왔다

시골 살아요, 하면 대부분 저도 살아보고 싶은데 벌레가 싫어서 요, 화장실이 불편해서요, 배달음식이 없어서 힘들 것 같아요, 라고들 합니다. 그런데 저는 외식 대신 요리하는 걸 좋아하는 집순이인데다 서울에서도 모기, 파리는 정도는 익숙히 보았고 지금 살고 있는 시골 집에는 화장실이 세 개나 있으니 불편한 건 청소 정도입니다. 사실 현재 제주의 삶과 과거 서울의 삶이 얼마나 다른지 잘 모르겠어요. 오히려 작은 불편함을 덮을 만큼 아름다운 자연을 얻었으니 이 또한 매우 괜찮은 거래라고 생각합니다. 그래서 요즘은 하루라도 빨리 내려온 게 우리 가족에겐 천운이었다고 생각합니다.

30대 중반에 제주행을 결정한 데는 네이버 카페에서 읽은 댓글의 영향이 컸습니다. 귀농귀촌 관련 대형 커뮤니티에 '귀촌하고 정착하는 데 얼마나 걸렸는가'라는 글이 올라왔어요. 정년 퇴직하고 귀촌하여 10년쯤 지나자 자리도 잡고 수입도 안정되었는데, 이미 칠순이더라, 시골 생활의 재미를 알 만하니 몸이 아파서 병원 가까운 도시로 돌아갔다, 라는 내용이었습니다.

저는 제주가 너무 좋아서라기보다는 시골에 살며 좋아하는 꽃을 원없이 키우고 싶은 게 정확한 이유였습니다. 좋아하는 식물들의 월동 온도를 고려하면 남쪽이 최적이었고, 그렇게 선택한 우리나라 가장 남쪽 제주도의 송당리에 정착해서 많은 분의 도움으로 예상한 10년보다 훨씬 빨리 자리를 잡았습니다. 바닥을 단단하게 다졌으니 매일 정원을 가꾸며 꽃을 보살피는 일은 기본이고, 새로운 도약을 위한 준비에 분주한 일상입니다. 제주 송당나무에서 정원을 가꾸는 생활. 몸은 조금 힘들어도 마음만은 항상 즐겁고 새로운 기대로 충만합니다.

내가 먹는 음식을 직접 키운 재료로 만든다, 아이를 자유롭게 키우겠다, 적게 벌고 적게 쓰는 생활을 실천한다, 라는 의미를 담아 시골 생활의 로망을 실현해보고 싶어 하는 분도 여전히 많은 것 같습니다. 우리 가족이 무난히 적응하고 안착해나간 이야기를 했지만, 사실 시골 생활은 그리 만만하지 않습니다. 뭘 해서 먹고사느냐는 도시만큼이나 큰 문제이고, 시골 생활이 아이에게 긍정적인 영향만 미치는 것도 아닙니다. 우리 아이들만 봐도 그렇거든요. 아이의 성향이 야외 생활을 별로 좋아하지 않고 논리적이며 이성적이라면,

자연과 함께 하는 리틀 포레스트 같은 생활을 부모 욕심만으로 강
요하는 건 잘못된 일일 수도 있을 거예요.

　귀촌, 하고 싶으면 해야겠지요. 머릿속으로는 나라님 아니라 하나
님도 될 수 있지만 하지 않으면 망상일 뿐이니까요. 다만 가족들이
시골 쥐의 생활을 잘해나갈 수 있는지, 충분히 고민해보기 바랍니
다. 그리고 결정한 순간부터 뒤돌아보지 말고 열심히 살면 됩니다.

한결 엄마, 정말 요망지네

요망지다. 제주에 살면서 한동안 동네 어른들께 가장 많이 들은 말입니다. 처음엔 어감과 특유의 억양 때문인지 욕인가, 싶었어요 (제주 사투리 알아듣는 게 보통 난이도가 아니기도 하고요).

"한결 엄마 요망지네."

할머니들 대화에 끼어 있을 때 누군가 한 분이 격앙된 목소리로 이 한마디를 남기고 후다닥 사라질 때면 솔직히 느낌이 싸-했습니다. '요망지다니, 내가 뭐 잘못했나?'라는 생각이 들면서, 동네를 잘못 선택한 건 아닌지 속이 상한 적도 있습니다. 그런데 시간이 지나면서 보니 동네 젊은 삼촌들도 웃는 얼굴로 같은 이야기를 하니, 그제야 욕은 아니구나, 안심했습니다.

요망지다는 자칫 요사스럽다 또는 요란하다는 말로 들릴 수 있습니다. 그런데 교회 장로님께 조심스레 여쭤봤더니 막 웃으며 좋은 뜻이라는 겁니다. 제주 사투리로 '똑똑하다, 야무지다'라는 뜻이니,

'한결 엄마 요망지네'는 동네 할머니가 외지에서 온 한결 엄마에게 건네는 최고의 칭찬이었던 겁니다. 그것도 모르고 큰 오해를 하고 말았어요.

　제주 사투리 자체가 말이 짧고 무뚝뚝한 느낌입니다. 동네 언니들 말로는 바람이 워낙 거센 탓에 짧게 끊어 말하지 않으면 널따란 밭이나 바닷가에서는 서로 대화하기 힘들어 이런 형태의 방언이 형성된 거라고 합니다. 물론 처음 듣는 사람이 적응하기 힘든 언어임은 확실합니다. 단어의 뜻 자체가 육지와 아예 다른 것이 많아 제주 사람들이 대화할 때면 조용히 빠지는 게 좋을 수도 있습니다. 시간이 약이라고, 이제는 거의 다 알아들을 정도로 익숙해졌지만요. 제주 사투리로 완벽한 대화는 못해도 90퍼센트 이상은 알아듣고 사는 중입니다.

팔색조 머리를 한 송당리 서울 아줌마

얼마 전 머리를 보라색으로 염색했습니다. 그동안 빨강을 비롯해 여러 가지 컬러로 염색해온 터라 주변 사람들의 반응도 이제는 그리 놀랍지 않습니다.

처음 새빨갛게 염색하고 나타났을 때 동네 사람들이 보인 반응과 충격은 실로 대단했습니다. 그럴 만도 한 것이, 그 전까지는 머리를 질끈 묶고 어중간한 등산복 차림에 꽃무늬 장화만 신고 다녔으니까요. 여든이 넘은 교회 권사님은 '이쁜 미국년 같다'고 극찬했고 오랜 친구들은 드디어 네가 하고 싶은 대로 사는구나, 잘했다, 하며 응원해주었습니다.

이주 초기에 한동안 사람들에게 시달리며 머리 색을 바꾸기 시작했습니다. 사실 서울에서는 첫인상이나 쨍쨍거리는 말투 때문에 바늘 하나 찌를 틈 없어 보인다는 말을 종종 듣곤 했어요. 어려워 보이는 이미지로 인해 타인이 쉽게 말을 건네거나 무례한 행동을 하는 일도 없었는데, 제주 이주 후로는 새로운 인간관계를 맺는 기간이 짧았기 때문인지 저를 좀 쉽게 생각하는 사람들을 만나면서 상처를 받기도 했습니다. 나름의 계획을 가지고 밭일 다니며 땅도 보는 것 외에 신랑은 동네 형님들과 친해지기 위하여 일하러 다니고, 저 또한 제주 환경에 맞는 식물들을 보러 다녔는데 이 모든 생활이 타인의 눈에는 희한해 보인 모양입니다. 그래서 다른 이들의 말이나 행동으로 쓸데없이 감정을 상하는 일이 많아졌어요. 어느 날 시내에 나가 '에이, 그래, 나 진짜 미친 사람이다!' 하며 기분 풀려고 새빨갛게 염색을 했습니다. 신기한 것은 손님과 지인들의 반응입니다. 작은 가게를 하는 아줌마라는 호칭을 떠나 이때부터 '선생님'이라고 부르는 손님이 늘었습니다.

그때 느낀 것이, 머리 색은 물론이고 옷과 행동, 마음까지 무엇이든 아무 생각 없이 하고 싶은 대로 표현하며 살자는 거예요. 이것이야말로 시골 생활의 낭만일 수 있어요(안타깝게도 겉모습에 더 신경 써야 하는 곳이 시골이라는 웃픈 이야기일 수도 있습니다). 그래서 오늘은 보라색 머리지만 내일은 다시 파란 머리가 될 수도 있는 가능성을 활짝 열어둡니다.

시골에선 모두가 맥가이버

며칠 전 화장실 청소 호스가 고장 나는 바람에 신랑이 수도 연결 테이프와 전기드릴 등으로 매우 능숙하게 교체 작업을 하는 중입니다. 송당리는 깡촌이기 때문에 간단한 전구 교체부터 손으로 할 수 있는 대부분의 공사를 직접 해내야 합니다. 전문가를 불러도 이 먼 곳까지 와줄 리 없는 데다 원하는 시간을 맞추기도 힘들거든요. 그래서 시골 생활의 대부분은 내가 직접 뚝딱뚝딱 해결해야만 합니다.

지금이야 신랑이 많은 일을 할 수 있지만 처음부터 그런 건 아닙니다. 미술을 전공한 저는 공구와 기계, 도료를 비롯한 화학약품을 꽤 많이 만질 수 있는데(용접도 할 줄 알아요) 남편은 전구나 겨우 가는 수준이었거든요. 그런 사람과 시골 생활을 결심했으니 사실 눈앞이 캄캄했어요. 저의 이상형, 특히 남편의 롤모델은 로라 잉걸스 와일더의 《초원의 집》에 나오는 로라 아빠입니다. 어릴 때부터 책장이 닳도록 수십 번 수백 번 읽은 이 소설의 로라 아빠는 서부 개척 시대를 살면서 가족을 위해 집도 잘 짓고, 농사도 잘 짓고, 사냥과 요리도 잘하고, 심지어 바이올린 연주도 멋들어지게 하죠.

그런 남편 만나는 걸 일생 최고의 소원으로 생각하며 살아왔는데… 어머나, 제가 결혼한 남자는 전구 하나 갈면서 이게 맞나, 뒤통수를 긁적거리는 서울 도련님이었으니, 제 맘이 어땠을지 상상이 될까요? 맘에 안 든다고 남편을 반품할 수도 없고 평생의 소원인 시골 생활의 꿈을 접을 수도 없으니… 뭐, 남편을 그렇게 만들어야죠.

다행히 하루아침에 결정한 제주행이 아니라서 우리 가족은 시간을 두고 천천히 이것저것 준비해나갔어요. 저는 뭘 해서 먹고살 것인가, 뭘 하고 살 것인가를 고민하고 알아보며 시간이 날 때마다 제주행 비행기에 올랐습니다. 무작정 꽃 재배 하우스로 쳐들어가서 삼촌들한테 물어보고, 고소득이라는 신품종 농작물 기사를 스크랩하여 농부님들께 전화하거나 찾아갔어요. 집을 짓는다면 어떤 방식이 좋을지 해외 사례도 많이 찾아보고요.

신랑은 손과 발 그리고 힘으로 뛰어다닐 사람이기에 1종 대형 운전 면허를 비롯해 굴삭기와 지게차 운전 면허를 따고, 아는 분들이 건물을 짓는다고 하면 몇 달 동안 현장으로 출근하면서 여러 가지 공구나 건설 작업에 익숙해졌어요. 한편 먼저 귀촌한 사람들의 정보를 모으고, 제주 서귀포시청 귀농정책과와 농기술센터 등 이곳저곳 무작정 찾아가서 하나하나 알아보기도 했습니다. 지금 생각하면 그런 무시무시한 용기가 어디서 났는지 모르겠어요.

내려오겠다는 결정만 했을 뿐 어디로 갈지, 뭘 할지, 아니 언제 내려올지 모르는 상황이라(서울 일을 잘 정리하는 타이밍이 내려갈 타이밍이었죠) '되도록이면 빨리'였지 결정된 건 하나도 없었습니다. 그래도 꿈만 꾸면서 시간을 허비하느니 이런저런 준비를 하자며 몇 년을 보낸 것 같아요. 덕분에 다른 분들보다 빠르게 적응하고 요새 큰 이슈가 되는 '귀촌 사기'를 당하는 일도 없었죠.

처음 이주해서 꽃밭을 만들 거라고 하자 정신 나간, 뭔가 꿈에 부풀어서 낭만으로만 귀촌한 사람이라고 생각한 분들도 있어요. 당연해요. 지금 생각해도 맞는 말이죠. 가드닝이 아주 핫한 아이템이 된 지금도 대기업이나 할 수 있는 큰 자본이 드는 일이 분명한데, 저는 뭐 금수저도 아니어서 그 자본을 시간으로 메우려고 빨리 귀촌한 경우니까요. 그 시간을 좀 더 앞당겨보려고 미리 준비할 수 있는한 많이 경험하며 배우는 시간을 가진 거고요.

그 시간을 앞당기는 데 이제 반은 맥가이버가 된 신랑이 큰 역할을 한 터라 지금처럼 공구를 들고 무언가를 뚝딱거리는 모습을 볼 때면 매우 뿌듯합니다. 아들 하나 다 키운 듯한 기분이랄까요? 온실도 세우고 집까지 지었으니 말이죠. 이제 로라네 아빠만큼 못하는 건 딱 하나 사냥뿐이니, 총 한 자루 사줘야 하나 고민입니다.

치킨 배달이 되는 날을 꿈꾸며

제주 생활 7년 차. 지금 제주는 우리가 처음 귀촌할 때보다 천지 개벽이라 할 수 있을 정도로 발전했습니다. 집에서 15분 거리의 마트 진열대에 루콜라나 바질 같은, 서울 살 때도 쉽게 보지 못한 특이한 식재료가 있는 걸 보면 지금 내가 시골 사는 게 맞나 싶을 정도예요.

그럼에도 불구하고 가장 아쉬운 것이 있다면 바로 의료 서비스 입니다. 15분 거리 읍내에 일반 내과와 가정의학과만 있어서 소아과 와 안과 같은 특수과 병원 진료를 받으려면 40~50분 차를 타고 제 주시까지 가야 합니다. 서울은 몸이 불편하면 어느 동네나 하나쯤 있는 병원 빌딩을 찾아 편하게 진찰받을 수 있지만 여기선 꿈도 못 꿀 일이죠.

며칠 전부터 왼쪽 팔이 자꾸 아프고 뭔가 돋아나는데 병원 갈 시간이 없는 거예요. 혼자서 병으로 골골대는 비운의 여주인공이 되는 영화 몇 편 찍고 밤새 끙끙 앓다가 어쩌어찌 시간을 내어 한 시간을 운전해 피부과를 찾아갔습니다. 대상포진이더군요. 약 먹고 푹 쉬면 되는 병인데 전염이 되는 건 아닌가, 팔을 영영 못 쓰는 건 아닌가, 혼자 겁이란 겁은 다 먹고 며칠 동안 머릿속으로 영화 몇 편을 찍었으니 이게 무슨 바보 같은 상황입니까. 병원이 가까우면 금세 다녀왔을 텐데 제주시까지 왔다 갔다 하는 데만 세 시간이 훌쩍이라 병을 키우는 바람에 조금 고생해야 할 듯해요.

시골 생활, 정말 좋아요. 하지만 조금은 불편하고 아쉬운 것도 분명히 있지요. 짜장면은 물론 피자, 치킨도 배달이 안 돼요. 읍내 시장 통닭 말고 시내에서 파는 브랜드 치킨 먹는 게 우리 꼬맹이 소원이니 말이에요. 하지만 치킨이나 짜장면을 드론으로 배달하고, 온라인으로 진료한 뒤 처방약을 드론으로 배달해주는 세상 또한 금방일 겁니다. 시골과 도시의 생활 차이도 줄어들고 시골도 도시 못지않게 점점 더 편한 세상이 되길 기대합니다.

2장

함께 나이 들고 성숙해가는
내 삶의 휴식처

정원을 일구다

송당리 땅과의 첫 만남

송당나무가 들어선 1600평의 땅은 원래 당근과 감자를 심던 밭이었습니다. 비가 많이 내리는 지역의 물이 지나는 길이라 몇 년 전 마을에서 크게 만들어논 건천에 붙어 있고 마을에서도 좀 떨어진 곳입니다. 교회 분들과 커다란 땅을 4등분하는 형식으로 구입했는데 몇 차례나 계약 파기 직전까지 갔을 정도로 그 과정이 순탄치 않았습니다.

제주 중산간은 바닷가와 달리 작은 집이나 땅이 적은 편입니다. 예부터 화전으로 밭을 일구며 살아온 마을이라 땅덩어리가 큽니다. 가족이 먹을 걸 재배하는 텃밭이 5000평쯤 되는 집도 있고 만 평 이상은 되어야 농사짓는 밭이라 할 정도이니, 이주민이 원하는 200여 평 정도의 작은 땅을 구하는 건 하늘의 별 따기보다 어렵습니다. 최근 들어 중산간 마을을 선호하면서 경쟁도 더욱 치열해졌고요. 다행히 네 집이 큰 땅을 함께 구입했고 나누는 과정도 잘 진행되었습니다(부모형제나 형제자매 사이에서도 쉽지 않은 일이라고 합니다).

밭을 구입했지만 처음부터 꽃을 키우기 좋은 상태는 아니었습니다. 송당리 땅은 돌이 하나도 없고 물 빠짐이 심하게 좋아서 비만 오면 무릎까지 흙이 푹푹 빠지는 데다 주변에 방풍림도 없어 바람에 취약합니다. 흙이 스펀지처럼 푹신하니 비만 오면 차가 드나들기 어려워 사람이 지나다닐 정도로 큰 관을 수십 개나 묻었습니다. 밑작업을 하느라 정말 고생고생했어요.

땅에 나무 심고 꽃 심으면 알아서 자라는 거 아니냐 할 수도 있지만 농사일이란 게 그렇지 않습니다. 물론 씨만 뿌려도 알아서 쑥쑥 자라는 그런 땅도 있을 겁니다. 단지 우리가 구입한 땅은 그렇지 못했고 맘에 안 든다고 무를 수도 없는 상황이니 땅을 만지는 과정이 필요했어요. 우수관을 묻고 물고랑을 만들고 관수 시설을 밭 중간중간 매설하는 등.

게다가 구입하면서부터 온실 건물과 살림집을 짓겠다는 계획도 이미 머릿속에 도면화해둔 상태였습니다. 그러니 아직 짓지 않은 건물의 위치, 아직 심지 않은 나무의 위치를 모두 고려해가며 동선을 짜야 했어요. 이에 따라 작은 길을 내고 그에 맞춰 우수관을 묻는 과정 등을 먼저 진행했는데, 이런 작업은 조경 설계와 토목의 기본 밑작업이었습니다.

송당리는 일조량도 부족하고 동네 어른들 표현대로 하면 '뜬 땅'

이라 농사에 손이 더 많이 가는 곳입니다. 반면 밤낮의 온도 차이가 확실해서 이슬이 많이 맺히는 만큼 가뭄이 들면 다른 지역보다 좋은 곳이기도 합니다. 결국 어디든 장단점은 있고 이를 잘 극복해나가는 것이야말로 좋은 가드너의 필수 조건이라고 생각합니다. 저는 이 땅을 사랑합니다. 애초에 문제 하나 없고 어떤 식물이든 저절로 무럭무럭 잘 자라는 곳이라면 송당나무 정원의 지금 모습은 없었을지도 모릅니다.

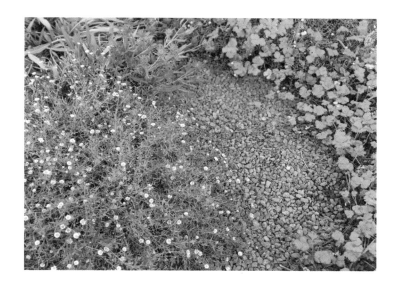

시골에 땅을 구입한 뒤 건물을 짓거나 용도를 변경하는 조건은 지자체마다 조금씩 다른데, 보통 농지는 1년간 농사를 지어야 합니다. 저는 지금도 밭으로 이용하지만 일부는 용도를 변경해 온실을 지어야 하기 때문에 개발 허가를 위한 농사를 지었습니다. 지금 키우는 조경용 지피식물도 화훼 농사이긴 하지만 다년생인 데다 가격도 비싸서 땅을 파악하기 위한 실험 겸 다들 심는 작물을 병행했습니다. 콩도 심고 유채, 메밀도 심었죠. 농사일은 온전히 우리 가족 넷이 달라붙었습니다. 아이들에게 '우리 땅'이라는 걸 알려주기도 했고 고사리손이지만 아이들의 노동력도 필요했거든요. 요즘도 가끔 그때 사진을 꺼내 보고는 '노동력 착취'였다며 웃곤 합니다.

1년 가까이 사계절에 걸쳐 농사를 짓는 동안 물과 바람의 방향, 토양의 성질과 입자, 빗물이 흘러내려가는 방향과 고이는 장소 그리고 화산마사가 많은 쪽 등 여러 가지를 파악할 수 있었습니다. 땅속의 굼벵이나 땅강아지 같은 토양 해충도 알아나갔고, 몸으로 직접 알아낸 것들을 기준으로 물길을 다시 내고 관을 묻고 토양살충제를 살포했습니다. 햇빛이나 바람을 고려해 필요 없는 나무는 과감히 쳐내기도 하고요. 전업농 기준에서 콩과 메밀은 매우 쉬운 농사일 텐데 제게는 이 과정이 앞으로 시작할 정원 조성을 위한 기초 작업 같았습니다.

이런 과정을 생략하고 무작정 첫해부터 비싼 조경용 식물을 심었다면 많은 식물이 죽었을 거라고 생각합니다. 그리고 제가 아무리 열정적이라고 해도 첫해부터 크게 실패를 맛보았다면 중간에 포기했을지도 모릅니다. 실패를 줄이기 위한 테스트였기에 나름 성공적인 콩, 메밀 농사로 자신감을 얻고 정원 지식도 충분히 쌓을 수 있었습니다(테스트용 농작물은 나름 수확량이 좋아 지인들께 판매하기도 했죠). 우리 가족 평생의 공간이 될 곳인 만큼 이때의 1년 농사는 돈 주고도 못 살 값진 경험이었습니다.

Tip

오랫동안 방치된 땅을 정원으로 만들려면 우선 제초 작업과 토목 작업이 필요합니다. 굴삭기를 동원할 수도 있고, 화학 제초제를 사용하거나 옛 방식대로 화전을 해야 할 수도 있습니다. 어떤 방법이든 기존에 있던 것을 완전히 정리하고 새로운 정원을 구성하여 식물을 심어야 하는데, 초보 가드너들은 그냥 좋아하는 식물을 심으면 정원이 되는 줄 알더군요. 그림을 그리지 않은 하얀 도화지 같은 백지를 만드는 것이 가드닝의 시작입니다.

눈에 보이지 않는 적들

송당리에서 본격적인 가드닝을 시작하기 전까지는 당연히 집 안에서 식물을 키웠습니다. 하지만 식물의 생장 섭리를 제대로 이해하지 못했고 병해충 지식도 전무한 수준이었죠. 그러니 송당나무의 식물 키우기는 아름다운 꽃과 함께 하는 생활보다 병해충과 싸우는 게 큰일이라는 사실 또한 뒤늦게 깨달았습니다. 식물 줄기나 잎에 붙은 작은 녀석들은 약을 치든가 '그래, 지옥에서 만나자!' 하며 손으로 콱 눌러 죽이면 되는데, 땅속에도 '보이지 않는 적'이 있었던 겁니다. 호미질 한 번에 뚱뚱한 애벌레가 나오고, 하루아침에 죽어버린 나무 밑동에서는 눈에 잘 보이지도 않는 꼬물대는 무언가를 발견합니다. 정원식물에 해를 입히는 수많은 '보이지 않는 적'은 어쩔 수 없이 미움의 존재가 되어버렸습니다.

그중에서도 달팽이는 애증의 대상이랄까요. 이 친근하고 귀여운 생물을 발로 짓이겨버릴 때면 아직도 매번 죄책감이 듭니다. 물론 정원식물이 해를 입는 상황이라 죄책감은 잠시일 뿐 적을 없앴다는 희열이 더 크긴 하지만요. 이는 가드너의 공통된 마음이어서 해외 유명 가드너들의 동영상이나 책을 봐도 같은 마음임을 잘 알 수 있습니다. 어린아이들에게는 무시무시한 식인종 같은 행동일 수 있겠지만 시골에서 흙 뒤집어쓰며 일하는 제게는 이제 소금 뿌려 없애고 싶은 대상이 되었습니다.

땅속의 굼벵이, 눈에 보이지도 않는 선충은 더욱더 미운 존재입니다. 비실비실 눈앞에서 기어가는 땅강아지는 발로 콱 밟아도 어찌나 도망을 잘 가는지요. 달팽이도 그렇습니다. 지옥에서 다시 만난다 해도 지금 당장은 눈앞에서 사라지기를 간절히 바랍니다. 참 슬프지만 그렇게 만들어진 곳이 제 정원이니 땅속 생물과의 싸움은 앞으로도 쭉 계속될 것이고, 저는 앞으로도 친근한 달팽이를 무자비하게 죽이는 무서운 아줌마로 살아나가야 할 운명입니다.

Tip
⋮

나방이나 딱정벌레, 사슴벌레, 풍뎅이의 유충인 굼벵이는 성충이 되면 나무의 유액을 빨아먹는 해충이 되고, 굼벵이 상태에선 식물의 뿌리를 끊어 먹어 순식간에 식물을 고사시킵니다. 보이지 않은 땅속 벌레는 전용 토양살충제로 방제합니다. 일반 살충제보다 조금 더 강력하기 때문에 정원에서 함께하는 강아지나 고양이 같은 동물에게 해를 입힐 수 있으므로 전문가의 지도를 받아 바른 방법으로 적절한 양을 살포해야 합니다.

정원 일의 시작과 끝, 잡초 제거

정원 일의 전부라고 느끼는 작업. 물론 그 일만 하는 게 아닌데도 피로도 탓인지 하루 종일 그 일에 매달려 사는 듯한 작업이 바로 잡초 제거입니다. 가드닝 관련 해외 동영상이나 책, 교재 등을 보면 '너무나 당연한 단순 작업'이라는 인식 때문인지 '잡초는 잘 제거해야 한다'라는 설명이 전부입니다.

어떻게 제거해야 하는지, 하다못해 뭐가 잡초인지조차 알려주지 않습니다. 사실 식물 품종이 수십만 개 이상이라 어떤 게 잡초인지 정확히 알 수가 없습니다. 어린 싹은 특히 어렵습니다. 눈으로 봐도 그놈이 그놈이라 이게 잡초인지, 얼마 전에 뿌려둔 꽃씨인지, 고민고민하면서 지켜봅니다. 그러다 꽃이 얼굴을 내밀면 아니네, 하는 경우가 많죠. 지켜본 시간과 노력에 발끈하여 욕을 하며 호미로 베어버리곤 합니다.

저는 돈을 주고 사거나 노력을 들여 '그 자리에 심은' 식물이 아닌 건 모두 잡초로 분류합니다. 수백 수천만 원 하는 비싼 식물이라 해도 내가 정하지 않은 곳에서 자란다면 잡초가 되는 것이죠. 물론 식물이 자기 의지로 다른 자리에 가서 살 순 없습니다. 바람이나 비를 맞아 쓰러지거나 빗물에 쓸려나가 엉뚱한 곳에 싹을 틔운다면 잡초 취급을 받는 겁니다. 물론 잡초가 다 나쁜 건 아니라는 의견도 있습니다. 이를테면 미국에서 제초제가 발명된 후 대초원 경작 시에 남용했고, 풀이 없어진 초원에 흙먼지가 일어 농작물 피해가 커지면서 서민의 식생활 문제도 심각해졌다는 연구 결과가 있습니다. 이처럼 계획적이지 않은 대대적인 제초 작업은 생태계뿐 아니라 인간 생활에도 영향을 미치는 문제입니다.

하지만 내 정원의 잡초는 다 나쁜 놈입니다. 공들여 키운 모종의 영양분을 쫙쫙 빨아먹는 흡혈귀 같은 존재입니다. 금이야 옥이야 몇 달을 키우며 기다렸는데 잡초 때문에 얼굴 구경도 못 하고 비리비리하게 자라는 모습을 보면 울화가 치밀죠.

이제 정원식물은 어린 싹부터 겨울철 잠자는 모습까지 모두 알기 때문에 흘끗 봐도 잡초인지 아닌지 쉽게 구분하지만, 저 역시 처음에는 잘 몰랐습니다. 잡초인 줄 알고 휙 던져버렸던 뿌리가 어느 봄날 꽃으로 올라오는 것을 보고 놀라서 뛰어내려가 호미로 긁어오는 일도 많았고요. 이런 일은 앞으로도 계속되겠지만 그 횟수는 차차 줄어들 거라 생각합니다.

평상시 '잡초를 어찌해야 할까요?'라는 질문을 굉장히 많이 받는데 답은 하나입니다. 신개념 방법이나 새로운 도구 다 필요 없고요, 그냥 보이는 족족 부지런히, 호미 같은 1차원적인 뾰족한 도구를 이용해 '뿌리가 하늘을 보게' 뽑는 것이 백점짜리 방법입니다(이곳 할머니들의 조언이에요). 정원 일 하는 분들, 모두 잡초와의 싸움에서 이겨보자고요.

송당나무 온실 건축기

송당나무에는 유리로 만든 온실이 있고 아담한 '비니루 온실'도 있습니다. 가드닝하는 분들이 무척 부러워하는 온실이 무려 두 개입니다(!). 유리 온실은 정확히 말하면 '진짜 온실'은 아니고 온실의 형태를 지닌, 건축법상 근생물로 등록한 건물입니다. 그러니 정상적인 카페 영업 신고를 하고 법적 테두리 안에서 영업하는 것이지요. 식물 키우기에 최적화된 정남쪽과 정동향 벽만 해를 온전히 받아들이도록 유리 온실 형태로 만들었는데, 일반 유리 온실보다 훨씬 두꺼운 '페어 글라스'로 제작해 유리 값만 어마어마하게 들었습니다.

페어 글라스를 쓴 데는 이유가 있습니다. 온실 형태의 일반 건물, 즉 사람도 함께 하는 공간이기에 일반 유리를 쓸 수가 없었어요. 사람과 식물 모두를 위해 여름에는 냉방을 하고 겨울에는 난방을 합니다. 일반 유리창은 냉난방 효율이 급격히 떨어지기 때문에 두꺼운 페어 글라스를 선택해야 했고, 같은 이유로 지붕도 유리를 쓰지 않았습니다. 이렇게 해야 일반 유리 온실의 단점을 보완할 수 있기 때문입니다. 혹시 한여름날 온실에 들어가본 적이 있을까요? 70~80도는 금방 넘어가 식물도 못 견디지만 사람도 너무 뜨거워 들어갈 수조차 없습니다. 햇빛만 생각해서 지붕까지 유리를 씌웠다면 식물도, 사람도 그냥 쪄 죽었을 거예요. 그래서 지붕은 일반 지붕처럼 단열이 잘되는 불투명한 소재를 쓰고 부족한 채광은 건물의 방향으로 잡았죠. 나머지 문제는 식물 배치를 달리하면서 보완했습니다.

식물을 사랑하는 분들에게 온실은 마지막 로망인 듯합니다. 사실 온실은 건축물에 대한 열정만으로는 턱없이 부족하고, 엄청난 고민 끝에 만들어야 합니다. 특히 한겨울에도 열대식물이 자라는 온실을 운영하려면 난방비 압박이 대단할 겁니다. 겨울에 가온하는 하우스를 운영하는 농장주들은 사람이 들락날락하며 문을 한 번 여닫을 때마다 속으로 만 원, 2만 원 센다는 우스갯소리도 합니다(지자체나 기관에서 운영하는 아열대 식물원이 이렇게 돈을 쏟아붓는 건물이라고 하지요). 취미로 식물을 키우는 경우라면 겨울엔 식물의 성장보다는 '생존'에 포커스를 맞추고 식물을 실내에 들이든가, 가을쯤 전정이나 보완을 해서 해가 적게 들더라도 창고 같은 곳에 보관하는 편이 훨씬 낫습니다. 식물이 얼어 죽기 전에 난방 연료비로 스트레스받아 죽을지도 모르니까요. 한편으로 이러한 문제는 여름이 되면 훨씬 심각한 문제가 됩니다. 냉방비의 압박과 습

도 조절에 엄청난 노력과 비용이 들어가기 때문입니다

또 한 가지, 취미 원예용 온실은 그 용도를 정말 잘 생각해봐야 합니다. 무턱대고 거금을 들여 온실을 만들었다가 얼마 안 가 내부가 훤히 보이는 창고가 되어버린 경우도 많이 봤습니다. 저야 다양한 목적으로 만든 데다 식물을 이해하고 잘 관리하는 편이니 설계 단계부터 창의 방향과 크기, 건물의 방향 등 여러 가지를 나름 과학적으로 많이 고민해서 제작했어요. 지은 후에도 1년 내내 식물과 사람이 함께 지내는 공간을 유지하려고 엄청난 노력을 합니다. 물론 돈도 많이 들어요. 여름 송당나무에 들러 운 좋게 보았을 '워터 커튼'이나 내년에 계획 중인 '유리 벽면 녹화 계획' 등이 그런 부분입니다. 요즘 이와 관련해 공부도 많이 하고 선진국의 다양한 사례를 살펴보고 있어요. 게다가 저야 온실 안에서 생산적인 일로 돈을 벌고 있으니 유지가 가능하지만, 만약 그 목적이 애매하다면 사용도 못 하는 천덕꾸러기가 됩니다.

Tip

전업농을 위한 대형 비닐하우스나 유리 온실이 아니라 이른 봄 모종 생산을 위한 작은 온실이 필요하다면 벽돌과 버려진 유리창을 이용한 간이 모종 온실이나 활대와 두꺼운 비닐을 이용한 낮은 모종상을 만드는 것도 방법입니다. 인터넷과 유튜브에 해외 가드너들의 아이디어가 돋보이는 작은 온실 형태가 많이 있으니 시도해보세요.

도박처럼 시작했지만

저는 벽에 시계 거는 것도 싫어하는 터라 온실을 설계할 때도 집을 지을 때도 뭔가를 걸 만한 벽을 아예 만들지 않았습니다. 벽이 들어설 자리마다 아예 큰 창을 내버렸어요. 햇빛이 잘 들고 바깥 풍경을 건물 안으로 들인다는 장점이 있긴 한데 이 공간을 죄다 식물에게 양보했으니….

모던 & 젠 스타일이라기보다는 주인의 욕심이 그득한 정신없는 공간으로 보이기도 합니다. 하지만 뭐 어떻습니까. 온실과 정원, 시골에 어울리지 않는 집 모두 주인 욕심 하나로 완성된 공간이니까요. 온실을 짓고 이제 6년이 되었습니다. 주변에 건물 하나 없었고 차 한 대 지나가는 좁은 길의 끝자락에 위치한 곳이었습니다. 이런 환경에 나름 큰 규모로 건물을 짓는 건 엄청난 도박이기도 했습니다. 만만치 않은 비용으로 땅을 사고, 먹지 못할 꽃과 식물을 잔뜩 심은 데다가 건물조차 유리창투성이 건물이니 말이죠.

먹을 수 있는 농산물은 아니지만 제 정원에 심은 식물들이 사실은 어마어마합니다. 돈으로 환산하면 꽤 비싼 금액이에요. 게다가 시간이 가면 갈수록 부피도 늘고 개체수도 늘어나기 때문에 금액이 엄청납니다. 단지 먹지 못하는 식물일 뿐인 거죠. 식물을 키울 수 있도록 눈에 보이지 않는 토목 공사도 많이 해서 식물 구입비뿐 아니라 보이지 않게 공중으로 날려버린 돈, 노력, 시간 또한 엄청납니다. 나름 열심히 준비하고 인생을 배팅한다는 기분으로 투자한 공간인데 오픈하고 두 달 동안 식물 사러 오는 사람 하나 없고(제주 관광지의 보릿고개라 할 수 있는 11월에 오픈했으니 더했어요), 제주 오지 여행 와서 길을 잘못 들었다가 밭 사이에 갑자기 나타난 커다란 건물을 보고 들어와서는 여기 뭐 하는 곳이냐 묻는 사람만 간간이 있을 뿐이었죠. 차를 파는 카페이긴 한데 가게에 모셔둔 커피머신은 하루에 한두 분 지나가는 동네 어른들한테나 대접하는 용도였으니 말입니다. 지금이야 제주 곳곳에 카페나 식당이 꽤 많아져서 엉뚱한 곳에 엉뚱한 건물이 올라오면 "아, 저기 무슨 식당이 들어오려나?" "거기도 카페라면서?" 이야기하지만, 그때는 완전히 미친 짓으로 보였을 거예요. 솔직히 타인의 걱정 어린 시선, 호기심으로 가득 찬 얼굴을 무시했으면 했지 몰랐다면 바보죠. 저나 신랑이나 너무나 잘 알아서 혹시나 올지 모를 손님을 기다리는 동안 잔디 심고 꽃을 심으며 "우리 뭔가 잘하고 있는 거 맞나? 잘되겠지?" 하고 자기 최면을 거는 한편 속으로는 얼마나 기도했는지 모릅니다.

그때 신랑이랑 웃으면서 이야기했어요. 이러다 혹시 망하면 여기에 '송당나무 가든'이라는 흑돼지고깃집을 열자고요. 유리 온실에 고깃집이라니 꽤 특이하긴 하겠다 하면서요. 그래도 먹고는 살겠지, 신랑은 공사장이라도 나가서 돈 벌어 오라 하고 나는 남의 당근밭에 나가 잡초 뽑아주면서 일당 벌어 먹고만 살면 되겠지, 그냥 처음 제주에 내려올 때 목적 그대로 내 개인 정원이나 꾸미고 하고 싶은 거 하면서 살아야지, 했습니다. 지금 생각해도 무슨 용기였는지 모르겠지만 어쨌든 아직까지는 잘 살고 있으니 고깃집을 열진 않아도 될 듯합니다. 가끔 지인들이 놀러 오면 고기 구워 먹으면서 송당나무 가든을 임시 오픈할 때도 있지만요.

　　다행히 생각한 것보다 가드닝에 대한 관심이 많아지고 운이 좋아 방송도 여러 번 타면서 나름 조금 유명해져 어찌어찌 먹고는 살 정도가 되었지만, 지금도 그때 생각하면 도대체 무슨 용기로 이 시골에 기어들어와서 꽃 키울 생각을 했을까 싶어요. 그땐 나름대로 30대였으니 젊은 기운에 미쳤나 보다 싶지만 40대 중반이 되어버린 지금, 또 같은 선택을 해야 한다면 똑같이 할 것 같아요. 시골 생활, 꽃 기르기 같은 평생의 소원이 바뀌진 않을 것 같으니까요. 아마도 더 열심히 이를 악물고 할 것 같아요. 더 빨리 내려오지 못한 과거의 나를 탓하면서요.

Tip

건강한 정원 생활을 위한 귀농이라면 150평이 적당한 듯싶습니다. 그 이상이 되면 전문 가드너의 도움
을 받든가 정원사를 고용해야 하는 경우를 많이 봤습니다. 정원을 꾸밀 욕심에 무조건 커다란 땅을 덜
컥 구입했다가 관리를 못 해 힘들어하기보다는 작은 정원을 알차게 꾸며 나가는 것도 방법입니다.

엄마 정원

저는 제 정원을 '엄마 정원'이라고 말합니다. 정원이기도 하지만 제 정원은 확실히 밭이에요. 꽃을 재배하는 밭이죠. 다년생식물 위주로 재배하기 때문에 자연 번식하고 새끼를 치는 식물 특성상 엄마 식물을 잘 재배하고 관리하여 알아서 아가를 쑴풍쑴풍 낳도록 만들어놓은 '엄마 정원'이지요. 그래서 지금은 국내에 새로 도입된 식물 또는 제 눈에 들어온 새로운 식물이 있으면 샘플 겸 조금 구해서 엄마 정원에 심어두고 잘 살아라, 새끼 많이 낳아라, 하며 관리하는 인큐베이터 같은 밭이 되었습니다.

언제든 삽목가지를 잘라 새로운 개체를 만들 수 있고, 꽃이 지면 새로운 생명을 품어낼 씨앗을 채종할 수 있는, 건강한 모체 옆에 작은 아가 식물이 다글다글 새로이 태어나는 그런 밭입니다. 물론 정원에 들어온 식물이 모두 좋은 엄마가 된 건 아닙니다. 시집도 못 가고 죽어버린 처녀귀신도 많아요. 주인을 잘못 만난 탓도 있겠지만 많은 경우 이 땅이나 환경과 맞지 않아 BYEBYE~ 해 버린 게 사실입니다. 관리 못 해준 나쁜 주인을 원망하면서 말이죠. 환경을 인공적으로 조절해주는 비닐하우스 재배 방법도 있지만 우리 밭은 정원의 역할도 함께 하기에 온전히 햇빛과 비를 맞으며 송당리 땅에 적응해야만 합니다. 살아남은 녀석만이 잘 자라나는 곳이 되었습니다.

그래서 해외 서적과 영상에 나오는 컬러와 질감이 멋진 이국적인 꽃은 그리 많지 않고 어디서 본 듯한 조금 흔한 식물로 가득 차 있습니다. 어쩌다 이 낯선 제주 시골에 이주하여 긴 적응 기간을 거치며 어찌어찌 자리 잡은 기특한 녀석들도 있고요. 전문 용어로는 '순화'라고 하지요. 주인의 손길이 섬세하지 못한 터라 그 과정을 인공적으로 잡아주진 않아요. 바람에 쓰러지거나 빗줄기에 힘들어해도 그냥 옆에서 도움의 손길을 조금 내줄 뿐인 못된 주인이에요. 그렇게 살아남아 준 녀석들의 공은 적당히 무시하고 주인이란 사람은 '아, 나는 땅을 테스트했을 뿐이다, 살아남은 니들이 승자다' 식으로 이야기합니다. 못된 주인, 맞아요.

그렇게 살아남은 녀석들만 잘 자라는 엄마 정원은 제 평생 가장 큰 보물 상자가 될 겁니다. 남들 눈엔 그저 작은 풀 한 포기 작은 나무 한 그루지만, 제 눈에는 예쁜 아가를 쑥풍쑥풍 낳는 예비 엄마들로 가득 찬 정원이니까요.

한결같은 다알리아 욕심

　정원을 가꾸고 싶어 하는 분이라면 저마다 스타일에 대한 로망이 있습니다. 국내 항공사 CF에 나오는, 매우 유명한 이탈리아의 라벤더 정원도 대표적인 스타일이죠. 저도 송당나무 초반에는 그런 정원을 만들어보겠다며 수천 그루의 잉글리시라벤더를 대량으로 번식했다가 모두 죽인 경험이 있습니다.

　라벤더는 프렌치, 마리노, 레이스, 유일하게 차나 향료로 이용 가능한 잉글리시 등 품종이 수십 가지이며 컬러도 보라색뿐 아니라 화이트, 핑크 등 의외로 다양합니다. 그런데 그해 5월은 정말 긴 장마가 찾아왔습니다. 잉글리시라벤더는 매우 건조하고 척박한 땅에서 잘 자라는 품종이니 송당리처럼 비가 많이 오고 습한 곳에선 잘될 리가 없는 녀석이었던 거죠. 이후 좀 더 큰 모종 상태의 녀석도 여럿 들여봤지만 키우는 족족 다 죽었어요. 그야말로 만나면 안될 사이였나 봅니다.

이처럼 환경이 맞지 않아 깔끔하게 포기하는 식물이 있는가 하면, 어찌 한번 인연을 맺어보려고 미련스럽게 붙잡는 식물도 있으니 제게는 바로 다알리아입니다. 제가 보기에 전 세계의 가드너는 결국 장미파와 다알리아파 둘로 나뉘는 것 같아요. 물론 식물 좋아하는 사람마다 개성이 넘치지만 장미 또는 다알리아를 좋아하는 사람들은 그 고집스런 기질이 상상을 초월한 듯 보입니다. 저는 자랑스러운 다알리아파인데 아직까지 국내 팬은 그리 많지 않습니다. 다알리아는 대한민국 중부 지방 기준으로 겨울이면 얼어서 썩어버리는, 굉장히 손이 많이 가는 식물이라 별로 인기가 없습니다. 큰 서리가 내리기 전에 무조건 파내서 자신만의 노하우로 실내 보관을 해야 합니다. 아무리 잘해보려고 해도 하루 아침에 몽땅 얼어서 썩어버리는 위험을 감수하고 키우는 근성이야말로 다알리아를 사랑하는 가드너의 의무랍니다. 한여름에 피우는 아름다운 꽃 한 송이에 이 귀찮은 수고스러움을 양보할 수 있는 마음가짐은 필수고요.

다행히 저의 제주 정원은 다알리아가 겨울에도 땅속에서 휴면 상태로 지내기 때문에 추운 지방에서 키우는 가드너보다 훨씬 좋은 조건입니다. 큰 서리도 중부 지방보다 훨씬 늦게 내리는 데다 영하로 떨어지지 않는 땅속 조건 덕분에 한겨울에도 땅속 구근이 자기 몸집을 불릴 수 있는 것입니다. 짧은 겨울만 잘 보낼 수 있다면 제주만큼 좋은 조건이 없는 셈이죠.

문제는 육지보다 많은 강우량과 심한 바람입니다. 제주가 태풍이

란 태풍은 다 지나가는 길목에 위치한 터라 다알리아가 꽃을 볼 때 쯤이면 태풍에 시달려 왕창 엎어지니 좀처럼 예쁜 모습으로 자라질 못해요. 하우스에서 큰다면 문제가 없겠지만 꽃은 야외 정원에서 키워야 한다며 온전히 이겨내라, 강하게 키우겠다는 고집스런 엄마를 만난 죄로 고생고생하며 자라는 중입니다.

송당나무 다알리아의 운명은 온전히 하늘에 달렸어요. 태풍이 적은 해는 늦여름부터 가을까지 화려한 미모를 뽐내며 자라지만, 태풍에 눕는 줄기는 주인의 낫질에 매몰차게 잘려나갈 뿐입니다. 긴 비가 계속되어 땅속의 알뿌리까지 녹아버리거나 굼벵이와 땅강아지의 공격을 받는 건 덤이 되는 거고요.

올해만은 태풍이 오지 않기를, 바람이 우리 정원을 좀 비껴나주기를, 그리고 큰 비구름은 멀리 바다에나 뿌리고 가기를 매일 기도하는 중입니다. 송당나무 다알리아를 위해서요.

Tip

태풍이나 큰비, 바람에 줄기가 휘어지거나 부러지는 걸 방지하려면 지주대를 세워줘야 합니다. 하지만 자연스런 정원에서 인공 구조물은 눈에 거슬리기 때문에 천연 소재의 나무나 끈 등을 이용하는 경우가 많습니다. 혹은 그 구조물 자체를 예술적으로 아름답게 만들어서 오벨리스크나 아치같이 정원의 장식물로 이용하는 경우도 많습니다.

뱀, 뱀, 뱀!

　정원 일을 하면서 벌레 따위는 더 이상 무섭지 않은 아줌마가 되었습니다. 시골 생활이 묵어가면서 큰 벌레를 손으로 잡아 창밖으로 휙 내던지는 경지까지 이르렀죠. 하지만 여전히 적응 안 되는 생물이 바로 뱀입니다.

　첫해에 마당에서 뱀을 마주하곤 너무 놀라 온갖 생각으로 뒤엉킨 채 일주일을 몸져누웠습니다. 시골 쥐는 크고 시커먼 서울 쥐와 달리 햄스터처럼 귀여운 면도 있는 터라 가끔 고양이가 잡아 오면 난리 치며 놔주라고 해요. 지네는 이제 독 있는 것과 없는 것을 구분할 줄 알고요. 독 있는 지네는 제약 회사에서 큰돈 주고 사 간다는 말을 듣고 마당 일 하다가 큰 지네를 발견하면 한번 잡아본다며 빈 플라스틱 물병을 준비하기도 합니다. 그러나 뱀은 여전히 아니에요. 한두 해 지나면서 뱀을 만나면 멀리 휘휘 돌아 지나갈 수 있는 강심장이 된 것 같았지만 아직도 적응이 힘들답니다.

뱀은 정원을 적극적으로 꾸미기 시작하면서 더욱 자주 만났습니다. 한번은 손님이 "이 가게는 뱀도 키워요?" 하기에 봤더니 우리 토리가 산 뱀을 물어 온 겁니다. 고양이한테는 뱀이 장난감이라 한 손으로 때려가며 노는데, 카페에 가지고 들어와 '엄마, 나 멋지지?' 하며 자랑하더라고요. 사실 토리뿐 아니라 우리 고양이 모두 똑같은데 이럴 때는 소리 지르며 빗자루를 휘둘러 아이들을 쫓아냅니다. 정원의 작은 관목류 가지를 정리하러 나갔다가 가지 위에 빨랫감처럼 늘어져 쉬는 뱀을 만나기도 하기에, 큰 나뭇가지를 주워 나무를 털어낸 뒤에 작업해야 합니다. 땅에 주저앉아 잡초 정리를 할 때면 한가운데 뱀이 잠들어 있을까 봐 괜히 큰 소리로 고양이들을 마구 불러모읍니다. 엄마 옆에 있어달라고요.

큰비가 올 때면 정원에 물길이 나는데 여기에 작은 뱀이 둥둥 떠내려가기도 합니다. 제발 건물 안으로만 들어오지 말아달라고 빗자루를 든 채로 기도하지만, 이 시골에선 그냥 같이 사는 존재로 받아들여야 할지도 모르겠습니다. 뱀들도 나름 할 말이 많을 테니 그러려니 하고 싶기는 한데, 아직 시골 삶의 연륜이 짧아서인지 그 마음을 내줄 여유까지 생기지는 못했습니다.

Tip

뱀이 싫어한다고 해서 집 주변에 봉숭아나 민트처럼 향이 강한 허브류를 많이 심기도 하지만 사실 과학적이지 않은 방법이라고 합니다. 백반이나 담뱃재 등을 집 주변에 뿌려놓는 것도 효과적이지 않고요. 그저 뱀들이 숨을 수 있는 필요 없는 풀을 깔끔하게 제거하는 것이 가장 좋은 방법입니다.

사서 고생? 좋으니까 하지요

　　우박에 폭우에 태풍까지 지나가면 정원은 처참한 지경이 되지만, 그래도 다시 나가야 합니다. 꽃을 키우면서 나름 도를 많이 닦았다고 생각하지만, 자연재해를 겪은 아찔한 정원을 본 손님들이 "이 정원은 그다지 볼만한 꽃이 없네요." 하면 마음이 복잡합니다. 정원 일의 고됨이나 자연의 무서움 등을 이해하지 못하는, 식물에 무지한 손님들이 원망스럽기도 한 것이죠. 한편으로는 말끔하고 아름다운 상태로 관리하지 못한 제 무능력이 더욱 원망스러워집니다. 그럴 때마다 에이, 나도 이렇게 손 많이 가는 초화류 정원 같은 거 하지 말고 그라스 정원이나 락 가든을 할 걸 그랬나, 하우스 수국이나 잔뜩 사다가 정원에 깔 걸 그랬나, 날짜 계산 정확하게 해서 잡초 매트 깔고 일년초 씨앗이나 확 뿌려버릴 걸 그랬나, 마음이 흔들립니다. 하지만 정원 정리하러 나가서 이것저것 하며 바람도 쐬고 하늘도 보고 고양이들 설렁설렁 부르고, 그 김에 마음속으로 기도

도 합니다. 그래, 내가 남 보여주려고 정원을 시작했나, 나 좋자고, 내 정원 만들려고 했지, 하면서 또다시 기분 좋게 흙을 뒤집으며 작업합니다.

자신의 정원을 일구는 가드너의 길을 훨씬 먼저 걷고, 현재까지 사분사분 일하는 분들이 있습니다. 연배가 있어 블로그나 SNS 노출은 덜하지만 적당한 커뮤니티 활동을 통해 멀리 떨어져 살아도 어느 정도는 서로를 알고 있어요. 이분들이 제주에 오면 송당나무를 찾아와 묻습니다. 왜 사서 고생을 하냐고, 힘든 일을 왜 이렇게 빨리 시작했냐고요. 30대 후반에 땅으로 파고든 건 좀 빠르다는 조언입니다. 그러면서도 좋아하는 일이라 누가 말려도 안 된다는 걸 진심으로 이해합니다. 항상 건강 해치지 말라고, 그냥 열심히 하라고 인사하며 어깨 두들기고 돌아가십니다.

특히 정원 좋아하는 아내와 사는 게 죄라며 우리 신랑 손을 꼭 잡고 "자네가 고생이 많아." 하시는, 정원 좋아하는 아내를 둔 또 다른 남편분은 우리 신랑을 측은한 눈으로 바라보시지만, 어쩌겠어요, 그런 아내와 사는 신랑의 팔자인 것을요.

정원의 곁식구들

정원에는 식물만 자라는 게 아닙니다. 정원에 쭈그리고 앉아 일하다 보면 엉덩이 근처를 후다닥 지나가는 도마뱀도 있고, 호미질한 번에 딸려나오는 뚱뚱한 지렁이도 있고, 찍찍거리는 소리는 엄청나지만 얼굴은 안 보여주는 새들도 있어요. 이런 곁식구들 말고 정원 일을 하면 꼭 함께 해보리라 생각한 식구들이 있는데 바로 꿀벌, 장닭, 제 곁을 꽥꽥거리며 돌아다니는 거위입니다. 닭이나 거위는 우리 고양이들이 잡아먹을 것 같아 아직 시도를 못 하고 마침내 벌통을 놓았습니다. 몇 년 전부터 우리 정원 바로 옆에 벌통 수십 개가 있었어요. 누군가 빈 땅에서 벌을 치는 모양이더라고요. 그런데 지난겨울에 그 벌통을 치우는 걸 보고 그동안 꿈꾸던 벌통을 하나 사 왔습니다. 빈 벌통을 둔다고 여왕벌이 날아오는 건 아니어서 일벌이 꽉 찬 좋은 여왕벌이 있는 알찬 벌통을 하나 사 오기로 했어요.

벌을 보러 오라는 동네 어른의 연락을 받고 갔다가 그 자리에서 트럭에 실으려는데, 네, 저랑 신랑이랑 열댓 방씩 벌에 물렸어요. 저 말없는 아저씨랑 20년 가까이 살면서 소리 지르는 걸 한 번도 못 봤는데, 비명 지르는 거 처음 들었어요. 영화나 만화에서 벌떼가 마구마구 쫓아와 온몸에 달려들면 비명을 지르며 뛰어나가는 장면 있죠? 바로 그 장면이었어요. 동네 어른이 도망가지 말라고, 한라산까지 쫓아간다고 겁을 주기에 저는 앞치마를 뒤집어쓰고 가만히 앉아 몸을 내주고 열댓 방 맞았어요. 아직도 귀에서 윙윙거리는 소리가 들리는 것 같아요.

그런데 말이죠, 저도 얼굴에 두 방을 쏘였는데, 눈탱이가 밤탱이처럼 부어오르는데, 이게 너무 재밌는 겁니다. 벌이 윙윙거리는 소리에 남편의 비명 소리까지 겹쳐서 귓가에 계속 맴돌고 말이죠. 이게 바로 시골살이의 백미가 아닌가 싶더라고요.

지금은 내 정원의 꽃들이 꿀벌의 먹이가 되고, 그 꿀을 제가 채취해서 맛있는 음식과 음료를 만드는 상상만으로도 머리가 살랑살랑해요. 물론 벌침 맞은 자리는 아직도 간지럽고 아프지만요.

30년쯤 지난 후에

가장 존경하는 가드너를 꼽으라면 단연 캐롤 클라인입니다. 몬티 돈이나 앨런 티치마시 같은 셀러브러티 가드너들과 함께 BBC의 《가드너스 월드》를 진행하며 영국의 국민 가드너로도 잘 알려진 인물입니다. 그녀도 30대에 시골에 정착해 농장을 일군 가드너입니다. 《가드너스 월드》나 NHK의 《취미 원예》 같은 프로그램을 봐온 건 식물에 대한 궁금증을 국내에서 풀기 어려웠기 때문입니다. 해외 방송을 보고 전공 서적을 뒤지다 보니 그제야 이해되었고, 수천 그루의 식물을 죽이면서 키워보니 이제야 감만 좀 잡겠다는 수준에 이르렀습니다. 가드너는 죽을 때까지 공부해야 한다는 말은 정말 맞습니다.

처음에는 누군가의 도움을 받고자 여기저기 많이 기웃거렸습니다. 그런데 가드닝 수업이라고 해서 가보면 앉아서 도면을 그리라 하고 해외 정원 사진만 잔뜩 보여주며 보태니컬이니 어쩌니 설명하더군요. 나는 이론이 필요한 게 아닌데, 디자인이 아니라 식물을 공부하고 싶은 건데, 식물을 키우고 관리하는 노하우가 궁금했는데, 이것을 가르쳐주는 곳은 없었습니다. 유학파 강사나 조경 전문가들은 대부분 수목 위주인 데다 핵심 노하우는 엄청난 비밀처럼 가르쳐주지 않으려 하더군요. 결국 직접 부딪치는 수밖에 없었어요. 책을 구해 읽고 식물을 죽여보고, 그래도 이해가 잘 안 되는 부분은 캐롤 클라인의 《가드너스 월드》 같은 해외 프로그램을 통해 많이 해결했습니다.

캐롤 아줌마를 평생토록 좋아하는 이유는 우선 설명을 참 쉽고 재미있게 잘합니다. 그리고 초보 가드너에게 항상 잘한다, 멋지다, 잘할 수 있다, 라고 이야기합니다. 식물이 죽어도 너무 좌절하지 말라며 상황을 이해시킨 뒤 다시 도전하라고 합니다. 멋진 정원을 디자인하는 가드너도 필요하지만 식물 자체를 잘 키우는 가드너도 필요합니다. 사실 초보자는 정원의 디자인, 주제, 식재 스타일 같은 것보다 식물을 이해하고 잘 가꿀 수 있는 지식이 필요한 법이죠. 그러니 식물을 사랑하며 잘 관리할 수 있는 방법을 알려줘야 합니다.

사실 제가 디자인을 모를 사람은 아니잖아요. 조형이라면 아주 어릴 때부터 트레이닝된 사람인데 이 일을 하며 벽에 딱 부딪힌 게 식물을 살아 있는 생물로 이해하는 방법입니다. 지금 당장 아름다운 게 아니라 지속적으로 변화하는 식물을 이해하지 못하면 결국 디자인도 한계가 온다는 걸 느꼈거든요. 작은 바구니에 꽃을 꽂는 것도 꽃이 피어나는 공간을 미리 예상하고 꽂는 거랑 아닌 거랑 엄청 차이가 있어요. 지금 당장 아름다운 모습이 아니라 적어도 일주일 정도는 아름답게 유지되도록 꽂는 게 좋겠죠. 꽃바구니도 그런데 엄청 커다란 꽃바구니인 정원은 오죽하겠어요. 식물을 심은 그 순간보다, 전문가들의 도움으로 정원을 만들어낸 그 순간보다 초보자가 쉽게 관리할 수 있고 올해보다 내년에, 그 이후에도 계속 아름답게 관리할 수 있는 공간을 만들어내는 게 중요합니다.

저도 30년쯤 후에는 캐롤 아줌마처럼 되고 싶습니다. 식물 키우기의 문턱을 낮추고 가드닝이 어릴 때부터 평생 애정을 가지고 대할 수 있는 문화로 자리 잡기를 바랍니다.

Tip

원예사, 정원사 등으로 번역될 수 있는 '가드너(Gardener)'는 직업으로 혹은 취미로 정원을 가꾸는 사람을 말합니다. 한편 랜드스케이프 아키텍트(Landscape Architect)로 번역되는 '조경가'는 전문 지식과 과학 이론을 통해 정원이나 공원을 설계하는 과학자에 가까운 직업을 말합니다. 토목, 환경, 기후, 식생, 생리, 건축, 예술 이론과 실무 전반에 걸쳐 전문적인 이해도와 숙련도를 갖춰야 합니다. 송당나무 주인장인 저는 가드너이자 조경가입니다.

3장

가족·자연·동물에게 한결같은
집사의 일상

송당나무 가족을 소개합니다

참 재미없는 평생 친구, 남편

한 달 전부터 오른손 네 번째 손가락이 불편하더니 결국 컵을 놓칠 정도로 통증이 심해져 정형외과에 다녀왔습니다. 다행히 부러진 게 아니라 손가락을 많이 써서 염증이 생겼다고 합니다. 간단한 손가락 반깁스인데 자려고 누우니 깁스의 한쪽 플라스틱이 자꾸 손가락 안쪽을 찔러대서 불편했습니다. 결국 자는 신랑을 깨워 손톱깎이로 찌르는 부분을 잘라달라고 했어요. 자다 일어난 남편은 반쯤 잠든 상태로 요리조리 잘 잘라주는데, 이 모습을 보고 있자니 웃긴 한편으로 고맙기도 했습니다. 들척지근한 말 한마디를 건네봅니다.

"여보, 나랑 결혼해줘서 고마워."

연애할 때의 뜨거운 사랑은 누구나 똑같겠지요. 이 사람 없으면 못 살 것 같은 기분으로 사랑하고 그 이유로 결혼을 합니다. 20년쯤

지나 보니 등 간지러울 때 긁어줄 사람이 곁에 있어 고마운 마음이 드는 게 평생 동반자의 의미를 깨닫는 부분이고요. 살다 보니 점점 타인에게 실망하는 일이 많아지고, 그래서 인간관계 맺는 게 더 힘들어지다 보니 결국은 남편밖에 없다는 생각이 들기도 합니다. 저와 신랑은 별 대화도 없고 취미나 취향도 완전 다르고 공통점이란 게 하나도 없는 편입니다. 단 하나 비슷한 부분이 있다면 서로 다른 부분을 적당히 이해하고 존중해준다는 점입니다.

호들호들하니 예뻐서 한순간에 눈을 사로잡는 꽃이 있다면 존재감 없이 밋밋한 식물도 꼭 필요한 법인데, 저는 사람만큼은 그냥 재미없고 무던한 사람이 좋았나 봅니다. 단지 우리 부부도 언제나 말랑말랑하지만은 않아서 여느 부부처럼 싸우기도 하면서 삽니다.

아내의 뜻을 따라

가끔 타인의 글이나 말을 통해 나와 내 주변 사람의 이야기를 전해 듣는 경우가 있습니다. 오늘은 어느 블로거분의 리뷰를 읽었는데, 제가 없을 때 방문해서 신랑과 나눈 대화 내용을 올렸더군요. 간단한 글이지만 순간 좀 뭉클했어요. 남편이 그분에게 '아내의 뜻을 따라 제주에 내려와 정원을 일구고 있다'고 한 말 때문입니다.

남편의 귀촌에 제 입김이 200퍼센트 작용한 것도, 제가 죽으라면 죽는 시늉까진 못 해도 구석에서 제 기분이 나아질 때까지 기다리는 사람인 것도 잘 압니다. 그런 그가 본인의 삶을 그렇게 표현하다니…. 남편이 지닌 국어 표현의 한계치 또한 익히 아는 터라 그 짧은 문장에서 좀 민망하게도 그가 할 수 있는 최고의 사랑 표현이 느껴졌습니다.

물론 평상시에는 그런 말을 건네지 않을뿐더러 티조차 내지 않아요. 그보다는 서울에서 어머님이 손자들 먹으라고 보내주신 육포 한 봉지를 몰래 먹다가 들키기도 하고, 송당리에서 유일하게 화장실 청소 안 해주는 아빠라는 소문에 동네 남동생들 걱정을 사는 남편이 가장 자연스러운 모습이죠. 지금도 추운 다락방에서 재킷을 걸친 채 목사님과 줌(zoom)으로 성경 공부 중입니다. 그런 자신의 믿음 때문이기도 하지만, 어쨌든 '아내의 뜻을 따라서'라는 이유가 50퍼센트 이상은 되리라는 걸 생각하면 역시 조금은 감동입니다.

두 아들

　식물생리학 강의 중 번식 파트를 설명할 때 가장 많이 비유하는 게 두 아들 이야기입니다.

　"우리 아들 둘은 모두 엄마 아빠를 조금씩 닮았어요. 큰아이는 생긴 건 아빠인데 성격은 저랑 비슷하고, 작은애는 저랑 닮았는데 아빠랑 똑같은 짓만 해요."

　네, 딱 설명한 그대로예요. 저와 남편을 조금씩 닮아서 세상에 나온 두 아들입니다. 큰애는 고등학생, 꼬맹이는 초등학생인데 둘 다 제 기준으로도, 다른 분들의 평가로도 순한 녀석들이에요.

　큰애도 작은애도 아직까지 성질을 부리거나 화를 내거나 엄마 아빠 속상하게 한 일은 한 번도 없을 만큼 좀 이상하게 순한 녀석들이라 주변에서는 좋겠다, 부럽다 하지만, 어떻게 보면 다른 아이들같이 개성 넘치는 면은 없는 듯해서 그 점이 좀 걱정스럽기도 해요. 특별히 창의적이지도 않고 뚜렷한 개성이나 특별히 좋아하는 분야가 있는 것도 아니에요. 그저 예민함과는 담을 쌓은 무던한 아이들이라 엄마 말을 너무 잘 듣는 게 '엄마가 너무 기가 세서 애들을 휘어잡은 결과인 것 같다'며 수군대는 사람들도 있더라고요. 제 성격을 저도 잘 알아서 '아니에요!' 하고 반박할 수도 없지만, 생각해보면 단 한 번도 아이들을 체벌하거나 감정에 치우쳐 혼을 내지 않았다고 자신 있게 말할 수 있습니다. 그냥 우리 아이들이 너무 착한가 보다, 하나님이 저 말 안 듣는 남편을 책임지라고 하신 대신 아이들만은 순하게 자랄 수 있도록 도와주시나 보다, 생각하기도 합니다.

무탈하고 순하고 공부까지 잘하면 얼마나 좋겠습니까만 그것까지 바라면 제가 나쁜 사람이고요, 단지 건강하고 아픈 데 없이 다른 이들에게 사랑받고 자기 할 일 열심히 찾아 평범하게 자랐으면 하는 게 저와 남편의 소망입니다.

그런데 생각해보면요, 저도 대학 졸업 때까진 부모님의 자랑일 정도로 말 잘 듣는 순둥이 딸이었어요. 그러다 결혼하고부터 하지 말라는 것, 부모님이 반대하는 모든 일을 콕 집어 찾아 해내는 못 말리는 딸이 되어버렸으니, 지금 순둥이인 녀석들이 뒤늦게 '비뚤어질 테다' 모드가 될 수도 있어요. 뭐 그럼 어쩌겠습니까. 남한테 피해주지 않는 선에서 하고 싶은 거 다 하고 살기만 한다면 괜찮겠죠. 어쨌거나 아들들 본인의 삶이니 말입니다.

아이를 자유롭게 키우고 싶다면

몇 년 전 큰아들이 중학생일 때 한정 세일 판매하는 게임기를 사줬습니다. 온라인 구매는 치열하고 마트에서 오픈 시간에 맞춰 파는 물량은 한두 대뿐. 전국 온라인 구매인과 경쟁을 하느니 오프라인을 노리라고 아들을 닦달해서 시내로 나가는 새벽 6시 첫 차를 태워 보냈습니다. 대기표를 받고 달달 떨다가 겨우 샀다며 신이 난 녀석을 보니 한창 공부할 나이와는 상관없이 우리가 제주에 살아 다행이란 생각이 듭니다. 물론 저처럼 자녀 교육에 적당한 자세를 지닌 엄마들만 있는 것은 아닙니다. 농어촌 특별 전형이 되는 시골에 살면서 방학 땡! 하면 대치동 기숙학교에 아이를 보내는 어머니도 봤고, 현지 과외 선생님의 정보를 원하는 분도 꽤 많습니다. 하지만 저는 그 정도의 열정은 없습니다. 우리 부부(아이들 역시)는 용 꼬리보다는 뱀 머리의 인생이 행복할 거라고 믿거든요.

제가 제주에 내려간다 했을 때 친정엄마는 도시 생활의 경쟁에서 지고 내려가는 거라며 펄펄 뛰셨습니다. 너무 오랜 시간을 격하고 치열하게 살아온 터라 좀 천천히, 제주 시계에 맞춰 아무것도 안 보고 안 들으며 살아보고 싶었어요. 그런 제가 결국 너무 심하게 편하고 조급하지 않은 엄마가 되어 이제는 한창 공부해야 할 나이의 아이에게 게임기 사는 것도 바로 허락해버립니다.

하지만 제 아이들에게 가능하다면 조금 촌스럽게, 세련되진 않지만 스트레스 안 받고 덜 치열하게 살라고 말해주고 싶어요. 어쨌거나 '뱀 머리의 삶'이 좋은 우리 부부의 아들들이니까요.

고양이 일곱 마리, 강아지 한 마리

　제주에 내려온 지 얼마 되지 않아 인터넷 게시판에 올라온 글을 읽었습니다. 키우던 강아지가 집을 나갔다 새끼 고양이를 물어 왔다는 내용인데, 읽자마자 우리가 데려와야겠다는 생각이 들어 식구로 맞이했습니다. 이후에 만난 아이들도 하나같이 이렇게 말하는 것 같았습니다.

　"어서 나를 데려가. 내 삶을 책임져."

　결국 동물 식구가 계속 늘어서 이제는 고양이 일곱 마리에 강아지 한 마리가 함께 지냅니다. 일곱 마리 고양이는 생김새, 성격이 다 제각각이지만 희한할 정도로 모두 개냥이에 가깝습니다. 자유롭게 살아서 스트레스가 없으니 그런 성격이 된 것 같아요. 송당나무의 마스코트 같은 존재, 고양이와 강아지 식구들의 캐릭터를 소개합니다.

제주시에서 강아지가 물어 왔다는 고양이는 토리입니다. 젖소고양이라 불리는 평범한 한국 고양이로 다정한 성격에 살랑살랑 애교 대장이에요. 서열상 확고한 1위지만 동생들에게 너무 다정한 형이라서 호구 취급을 당할 때도 많은 편입니다.

두 번째 아이는 집에서 키우는 하얀 페르시안고양이 나무입니다. 정원을 돌아다니는 라봉이와 낭낭이, 먼지, 마리의 엄마예요. 나무는 제주에 이주한 지 얼마 안 지나 집 앞에서 주운 고양이입니다. 세상에, 시골에 하얀 페르시안 품종 고양이라니요. 이 녀석도 이리 와 했더니 제게 안겼어요. 읍사무소, 리사무소 등 동네방네에 알리며 고양이 보호 공고를 했는데 결국 보호자가 나타나지 않았습니다. 아마도 전 보호자가 버리고 간 듯한데, 안타깝게도 우리 시골 동네에서는 이런 일을 가끔 봅니다. 털이 긴 페르시안고양이는 밖에서 자유롭게 키울 수 없어 야외 생활이 불가능한데, 그럼에도 불구하고 나무는 여성 호르몬이 어쩌나 넘치는지요. 함께 지내고 얼마 후 아직 어린 토리랑 사고를 쳐서 딸 당근이를 낳고, 당근이가 젖먹이일 때 또다시 방충망을 뜯고 나간 뒤 라봉이, 마리, 낭낭이, 먼지를 차례로 낳았습니다. 더 이상은 안 되겠다 싶어 중성화를 했고요.

당근이는 토리와 똑같이 생긴 유일한 딸인데 겁이 너무 많아 큰 아들 방에서만 살아요. 큰아들만 좋아해서 어디든 졸졸 따라다니는 오빠바라기입니다. 그런가 하면 라봉이는 자기밖에 모르는 아이입니다. 세상 쿨한 데다 온실보다 정원에서 뒹굴거리는 걸 좋아합니다. 이렇게 와일드한 성격인데도 제가 정원에 있을 때는 저만 졸졸 따라다니고, 어떤 날 밤에는 안방 창문 아래로 와서 문 열라며 야옹거리기도 합니다. 특히 아이들에게 다정해서 꼬맹이 손님들이 정원에 있으면 발 맞춰 걸으며 길을 안내해주는 것도 매력입니다.

마리는 한쪽 발에 양말을 신은 듯 하얀 반쪽 무늬가 있어서 양말이라고 이름 지었지만 애칭이 더 익숙한 아이입니다. 성격도 나긋나긋하고 손님이 카메라를 들이대면 알아서 포즈도 잘 잡는 것이 약간 스타병 기질이 있어 보여요. 낭낭이와 먼지는 함께 태어난 형제인데도 성격은 완전히 다릅니다. 역마살 기질을 지닌 낭낭이는 온실에 있는 시간이 적은 반면 겁쟁이 먼지는 하루 대부분을 온실 어딘가에서 퍼질러 자는 스타일입니다.

마지막으로 먼지는 이름을 참 잘못 지어준 경우입니다. 하얗고 뽀얀 데다 귀한 오드아이 눈이라 생긴 것만 보면 럭셔리함이 좔좔 흘러야 하는데, 항상 온몸에 시커먼 흙과 먼지를 뒤집어쓰고 꼬질꼬질하게 돌아다녀요. 게다가 겁은 또 얼마나 많은지 혼자서는 정원에 나가지도 못하고요. 형들 따라 정원에 나갔다가 길을 잃고 대성통곡하는 녀석을 잡아 온 적도 여러 번입니다.

정원 한구석엔 강아지 열매가 있어요. 어느 날 가게에 들어와 절 쫓아다니기 시작하더니 집까지 따라와 밤새 문밖에서 기다리고, 정원에 나가면 또 쫓아다니기에 어쩔 수 없이 가족으로 들였습니다.

열매는 우리가 식구로 받아들이고 목줄을 채운 지 보름 만에 마당에서 강아지 일곱 마리를 낳았어요. 원래 마을의 떠돌이개들과 함께 있던 녀석인데, 임신을 하고 몸을 풀어야 할 때쯤 되니 마을에서 밥 잘 주게 생긴 저를 따라다니기 시작한 거였습니다. 열매 몸조리 시키느라 북어 대가리를 얼마나 삶았는지 모릅니다. 새끼들 모두 분양하고 중성화한 뒤 완전한 식구로 받아들였고요.

저는 평생 일하고 돈 버는 것이 운명인지도 모릅니다. 매일 삼시 세끼 송당나무에서 밥 주기만 기다리는 식구가 너무 많으니까요. 좋은 의미에서 웃픈 인생입니다.

사랑하는 방법의 차이

 고양이 식구들은 이제 송당나무의 마스코트가 되어 많은 분의 사랑을 받고 있습니다. 저야 고양이, 강아지, 정원의 꽃과 식물 등 살아 있는 모든 생명에 몹시 관심이 크고 애정이 넘치는 편이지만 트라우마나 알레르기 등의 이유로 고양이를 매우 싫어하는 손님들도 있습니다. 특히나 고양이는 호불호가 큰 동물이기도 해서 사람들의 다른 성향을 이래저래 모두 이해할 수 있어요.

 하지만 고양이를 싫어한다고 노골적으로 불쾌감을 드러내며 일행의 손을 끌고 나가는 손님을 볼 때면 당혹스럽기도 합니다. 동물을 가족처럼 여기는 마음 자체를 이해하지 못할 테니 어쩔 수 없지요. 그런가 하면 고양이를 무서워해서 미안하다고 사과하는 분도 있습니다. 일행이나 아이들은 고양이와 놀게 하고 구석에서 조용히 차만 마시고 가는 경우입니다.

 똑같이 싫어하거나 무서워해도 겉으로 드러나는 행동이 다른 건 아마도 '사랑하는 방식'의 차이인 것 같습니다. '내가 싫어하는 건 너도 싫어해야 해'와 '나는 싫지만 너는 싫어하지 않았으면 좋겠어'의 차이일 수 있는데, 뭐가 더 좋은지 판단하기긴 힘들지만 후자의 모습이 좀 더 아름다워 보입니다. 저는 화도 잘 내고 질투도 심하고 싫어하는 것도 많은 성격이지만 아이들은 그런 점을 절대 닮지 않았으면 좋겠습니다. 넓은 시야로 아름다운 세상을 경험하고 좋은 것도 많이 보면서 충분히 사랑하고 즐겁게 살았으면 합니다. 동물, 식물, 사람 누구든지 사랑하고 아껴주면서요. 저를 보면서 닮아갈 아이들 생각을 하면서 이제는 저도 누구든 무엇이든 많이 사랑하고 아껴주는 매일을 살고자 노력하는 중입니다.

아끼고 사랑하는 연습. 그중에는 졸졸 쫓아다니면서 잔소리하는 것도 포함됩니다. 늙은 아들을 포함해 아들 셋(고양이 아들까지 여덟이죠)을 키우는 입장이다 보니 목이 터져라 잔소리할 일투성이예요. 딸들은 초등학교 고학년만 되어도 집안일을 척척 도와주는 등 믿고 맡기는 인물로 큰다는데, 아들들은 죽을 때까지 잔소리해야 하는 존재가 될 것만 같습니다. 밥 먹어라, 씻어라, 치워라, 버려라…. 미안하게도 가끔은 아, 내가 이런 잔소리까지 하려고 결혼하고 아이를 낳은 건가, 하는 생각이 들 때도 있거든요.

일상의 잔소리와 함께 손 많이 가는 식구들에게 단련된 덕분일까요. 온실 안팎의 식물 중 특별히 좋아하는 종류는 죄다 손 많이

가는 녀석들뿐입니다. 항상 비슷한 모습인 관엽식물이나 다육식물은 재미없고 심심하거든요. 반면 물 주기 까다롭고 매일 데드헤딩하고 햇빛 방향상 위치를 바꾸고 돌려주는 등 온갖 요란법석을 떨며 키워야 하는, 손이 가도 너무 가는 녀석들이 자꾸 눈에 들어옵니다. 정원식물도 마찬가지여서 하루 종일 가위를 쥐고 정원을 휘돌아 다니며 작업해야 예뻐지는 아이들이 훨씬 사랑스럽습니다. 무던한 것도 고유의 매력이 있지만, 손이 많이 간 만큼 빛나고 예뻐 보일 때면 진정으로 뿌듯해지거든요.

어느 손님이 말하길 식물이 사람과 다른 게 바로 그런 점인 것 같다고 합니다. 식물은 관심과 애정을 주면 그만큼 빛이 나고 결과물이 좋아지지만 사람은 잘해주면 그 마음을 이용하더라는 것이죠. 저도 이해합니다. 사람에게 마음 주는 걸 잘 조절해야 좀 더 편하고 현명하게 늙는 것 같습니다. 단지 잘 알면서도 딱 잘라 행동할 수 없는 성격이다 보니 아끼는 대상이 점점 더 식물과 동물이 되어가는 건 아닐까 생각하며 나이 들어갑니다.

어디 살든 가족이 최고

귀촌한 뒤로 느끼는 건 시골의 인간관계가 도시보다 더 골이 깊고 연연해한다는 점입니다. '인마이웨이'인 저는 서울에서도 그랬지만, 제주에서도 주변 이야기에 별 신경 쓰지 않고 잘 사는 편입니다. 인간관계가 좁을지는 몰라도 깊이는 있어서 인맥 쌓는 데도 큰 의미를 두지 않았고요.

제주 송당리로 이사 오면서 주변 분들과 새로운 관계를 맺었고 그 과정에서 힘든 상황도 왕왕 생겼습니다. 성향이 다른 이웃과 소통해야 하는 상황이 생기는 반면 만나는 사람 수는 적다 보니 관계가 상대적으로 깊어졌습니다. 물론 서로 좋고 도움을 주고받는 관계가 대부분이지만 가끔씩은 '내가 이런 이야기 들으려고 여기 왔나' 하는 생각이 들기도 합니다.

귀촌하면 사람 적고 공기 맑은 곳에서 프라이버시를 즐기며 조용히 살고 싶은 경우가 대부분이지만 현실은 꽤 달라요. 우선 '물리

적 거리의 불쑥 침범'이라는 시골 사람들 특유의 성향을 고려하지 않을 수 없습니다. 현관문을 벌컥 열며 "선영이 뭐 하니?" 하는 식의 귀여운 경우도 있지만 넌 왜 그러니, 남편한테 그러지 마라, 아들 성격이 이렇다, 하며 사회적 거리 자체를 침범하는 일이 잦을 수 있으니, 좁고 깊은 인간관계가 아니더라도 소통하는 방법을 생각해두는 편이 좋을 것 같습니다.

이런저런 시간을 보내면서 내린 결론은 '결국 가족뿐이다'였습니다. 이주해 잘 사는 분들을 보면 새로운 관계에 집중하기보다 가족과 보내는 시간을 중요시하는 경우가 많더군요. 관계 맺기를 가족 밖에서 찾으며 만족감을 얻으려는 분들도 있는데 안타까운 일입니다. 아름다운 제주의 자연환경 속에서도, 인간관계에 연연하다 상처를 입고 제주를 욕하며 도시의 익명성 속으로 돌아가는 경우를 여럿 본 것 같습니다. 가장 가까이 있는 내 곁의 가족이 최고입니다. 내 버팀목이고 내 힘이고 내 모든 것이 되어주니까요.

송당리에 뿌리내리기

어떤 분은 제게 부엌일을 하나도 못하게 생겼다고 합니다. 친정 엄마 반찬만 먹게 생겼다고 하는데 사실은 요리하는 걸 굉장히 좋아합니다. 잘한다고 자랑은 못 하겠지만 어디 가서 솜씨 없단 소리는 안 듣습니다. 이번 겨울에도 김치만 다섯 가지 담가 겨울을 든든히 났고, 시간 날 때마다 빵도 굽습니다. 양식, 한식, 일식, 중식 등 나름 버라이어티하게 세계 음식을 골고루 할 줄 안다 생각하면서 세 남자를 먹여 살리고 있어요. 다만 다른 일들이 너무 바빠 일주일에 두 끼 정도만 해 먹으면 행복지수가 높아질 것 같은 삶을 살고 있긴 합니다. 아주 가끔 "나 오늘은 부엌 파업!" 선언하고 이불에 쏙 들어가 초저녁부터 기절해버리면 남자 셋이 부엌을 들었다 놨다 하며 라면을 끓여 먹는 날도 있기는 하지요.

어제도 동네 언니네 밭에서 콩잎을 따다가 직접 키운 가지를 넣은 돼지불고기를 싸 먹으며 내가 한 음식이 세상에서 가장 맛있다,

감탄했습니다. 자의식 과잉인 게 분명하지만, 그래서 식당 음식에 대한 기준이 좀 까다롭습니다. 음식에 대한 기준이 분명하고 서울에서 고깃집도 몇 년간 해본 터라(당시 꽃집, 카페, 고깃집 세 곳을 동시에 운영했죠), 미슐랭 가이드도 인정한 요리라면 몰라도 그 외에는 좋아하는 음식점이 그리 많지 않습니다. 제 기준에 괜찮다 하는 식당은 남들에게 추천했을 때 욕 안 먹을 수준은 되고, 동네 친구들은 "선영 언니가 맛있다는 집은 진짜 맛있는 집이긴 해"라고 이야기합니다.

이런 요리에 대한 열정을 이유로, 현재 우리 집에서 가장 큰 면적을 가진 공간은 부엌입니다. 언젠가 TV를 보니 강원도에 귀촌한 어느 부부는 아내가 요리하는 것을 너무 좋아해 집의 40퍼센트를 주방으로 꾸몄다고 하던데, 우리도 그런 의도로 공간을 계획했습니다. 식품을 보관하는 창고도 크게 만들고 냉장고도 여러 개 놓을 공간을 마련하고요. 그뿐인가요, 채소를 재배할 텃밭도 300평 정도 규모로 만드는 중인데, 아마도 세상에서 가장 귀여운 키친 가든이 될 거라고 생각합니다. 물론 설계부터 완성까지 제 입김이 99퍼센트 반영된 집이고 남편은 '그냥 너 하고 싶은 대로 다 하라'고 일임했지만요. 대신 제가 양보해 남편 혼자 사용하는 공간도 마련했으니 바로 다락방입니다. 남편은 (적어도 제 앞에서는) 이 모든 공간을 매우 만족스러워하는 것 같습니다.

입도 6년 차에 집을 짓기 시작한다는 것은 귀촌하는 다른 분들의 일반적인 발걸음보다 매우 느린 편입니다. 하지만 처음에 하예동을 선택했다가 실패한 경험이 있어, 무턱대고 땅을 구입하고 집부터 짓는 과정 전에 마을과 나의 합을 먼저 확인하는 과정이 필요했기 때문입니다. 귀촌할 땐 마을의 기운이나 구성원과의 합이 정말 중요하거든요. 물론 모든 것이 다 마음에 들 순 없지만 마음에 안 드는 부분을 제가 감당할 정도는 되어야 가능한 것이 귀촌 아닐까 싶습니다. 적당히 마음 상하는 일이 있어도 좋은 분들과의 인연이 꾸준하기에 잘 살아간다고 생각합니다.

송당리처럼 특색 있는 곳에 가게를 차려 수익을 얻지만 살림집은 편의시설이 많은 시내에 두는 분들도 있습니다. 아이들의 학교 문제나 배우자의 직장 문제 등 여러 가지 사정이 있을 테니 어떤 선택이든 나쁘다고 할 수는 없지요. 우리 가족은 귀촌의 목표가 '가족의 삶터를 시골에 꾸리고 늙어가겠다'였으니 그에 합당한 송당리를 찾은 겁니다. 그 과정을 천천히 이뤄가는 중이고요.

귀촌해서 자리를 잡는 데는 10년이 걸린다고 합니다. 10년 후에나 살 만해진다는 의미인데, 그 말이 맞는 것 같아요. 우리 가족은 그 10년 세월을 천천히 즐기면서 보내는 중입니다. 이후로도 송당리에 깊은 뿌리를 내리고 잘 살아가길 기대하면서요.

함께 나이 들어가기

4년 전인 2018년, 송당나무가 주시청자 연령대가 높은 《인간극장》에 소개되었습니다. 방영 전부터도 우리 가게는 젊은 손님보다 50~60대 손님이 더 많은 편이었는데, 나이 지긋하신 시청자가 많은 이 프로그램에 소개된 후로 나이 많은 손님이 더 늘었습니다.

최근 가게에 앉아 있는 손님들을 찬찬히 보다가 젊은이가 한 명도 없다는 데 뜨끔했습니다. 역시 우리 가게는 20대 손님은 하나도 없고, 전부 제 동년배거나 언니 오빠더라고요. 얼마 전까진 '공간이 올드해서 그런가?'라는 생각이 들어 꽤 고민을 했습니다. 이런 장사는 젊은이를 상대로 해야 한다고 생각했기 때문에 내가 뭔가 잘못하는 것인가 싶어졌어요.

나름 미술을 전공했고, 뭔가 일을 진행할 때 '감'이라고 부르는 감각은 있다고 자신했는데 젊은 친구들은 없고 자꾸 어른들만 오시니 말이에요. 근데 생각해보니 저도 벌써 40대 중반입니다.

슬프게도 그 나이가 되어버렸으니 아무리 감 좋게 젊게 풀어나가다 해도 결국 40대 이상의 감성인 터, 이제는 손님 연령대가 높아도 내가 늙어서 그런가 보다, 생각해야 하는 모양입니다. 제 눈에는 요새 인기인 인더스트리얼은 아무리 봐도 귀신 나오기 일보직전인 분위기고, 빈티지나 앤티크도 결국 오래된 고물 같은 느낌입니다. 취향이란 맛과 같은 거라서 끝내 설득할 수 없지 않을까요. 그냥 제기준에 예쁘고 좋은 거 위주로 채워놓고 꾸민 건데, 결국 40대 중반 여성의 감성이니 같은 나이대, 같은 코드의 손님만 많은 게 당연한데도 젊은 손님이 없는 걸 속상해한 제가 이상했던 거죠.

이러면서 나이 드나 봅니다. 나 혼자 평생 젊은 게 아닌데. 혼자서 아직 안 늙었다고 바락바락 우기는 자신을 발견할 때마다 서글픈 게 사실입니다.

기본만 지키면 되는데

　장사 경력이 오래된 만큼 다양한 손님을 만나다 보니 손님 유형을 파악하는 데는 자칭 보살 수준입니다. 그러니 가끔 예의 뺨 때리는 손님을 만나면 속이 터져요. 바로 잊을 게 뻔하지만, 그래도 당장은 매우 송곳 같은 마음입니다.

　얼마 전 촬영한 제주 지방 방송 프로그램이 재방송되었다고 합니다. 일요일 오전이라 그런지 제주 지역의 많은 분이 본 것 같은데, 도대체 왜 왔을까, 싶은 분들이 찾아왔어요. 우리끼리는 '검사하러'라고 표현합니다만, 차를 마시거나 식물을 구입하려는 게 아니고 '저스트 구경'인 겁니다. 정말 궁금한 게 있어서도 아니고 단순 호기심일 뿐인데, 당신이 이 시골 구석에서 뭘 한다는데 내가 보러 와 줬다, 라는 발상인 것이지요.

　사실 그런 분들이야 지난 《인간극장》 출연 때부터 참 많기는 했습니다. 하지만 오늘같이 바쁜 주말에 우르르 몰려들어 "호호호, 구경하러 왔어요." 하며 시끄럽게 여기저기 둘러보곤 우르르 나가든가, "뭐 도와드릴까요? 주문 도와드릴까요?"라고 물어도 위아래로 훑어보고는 가게 안팎 다 쓸고 나가든가 하는 상황이 이어지면 진이 쪼옥 빠집니다. 며칠 전엔 대여섯 명이 차에서 내려 카페와 정원을 휘저으며 사진만 찍고 나갔어요. 옆 테이블 손님이 저 사람들 뭐냐고, 그냥 간다고 오히려 열을 내시더라고요. 그래도 들어오자마자 구경만 하곤 "어머, 꽃이 하나도 없네." "정원에 볼 게 하나도 없네."(한겨울인데 말이죠) 하며 속을 뒤집어놓은 뒤 화장실만 쓰고 쏙 나가는 사람들보다는 낫다고 생각합니다. 참 속상하지만 이런 분들은 진짜 제주 분이 아니라 관광객이거나 이주한 지 얼마 안 된 경우가 많습니다. 대부분 '외지인'인 것이죠. 말투를 들어보면 확실히 육지 사투리 같은 것이 느껴져요. 저도 육지 출신이지만 이럴 땐 정말 슬프답니다.

언젠가 이곳 제주 분들이 제게 하소연을 했습니다. 대뜸 남의 집에 들어와 마당에 떡하니 주차한 뒤 현관문을 열고, 창고도 다 열어보고, 살림살이 사진까지 찍기에 누구냐, 왜 오셨냐, 물었더니 궁금해서 그랬다고 하더랍니다. 외지인들은 왜 그러냐, 면서 마구 화를 내시더라고요. 제주 집은 대문이 없는 데다 문을 잠그고 다니지도 않으니까 그냥 막 들어오는 거죠. 주인이 황당해서 화를 내면 "거참, 제주 사람들 불친절하네!" 하면서 나간대요. 이건 확실한 가택 침입입니다. 민속촌 놀러 온 것도 아니고 엄연히 타인의 생활 공간인데 이런 식으로 구경하겠다 하면 불쾌함을 넘어서 황당한 상황이 되어버립니다. 가게를 운영하는 저도 진이 쭉 빠지는데 살림집에서 이런다면 정말 미치고 팔짝 뛰는 거죠.

특히나 우리처럼 조금 다른 스타일과 콘셉트로 공간을 꾸려나가는 경우 정말 각양각색의 사람들이 찾아옵니다. 클라이언트가 우리 가게와 똑같은 건물을 지어달라고 해서 카피하러 왔다며 당당히(!) 밝히는 건축업자도 있고, 내가 저기 충청도 어디에 땅이 몇 평 있는데 지금은 회사 다니지만 퇴직하면 너네 같은 가드닝 카페를 열 거다, 라고 너무나 뻔뻔하게 땅 자랑하고 가는 분도 있어요. 편의점에서 산 듯한 커피를 들고, 남의 주차장에 차 대놓고 말이죠. 어디 카페에는 꽃이 잔뜩 있던데 여기는 꽃구경하기 힘드네, 유명하다고 해서 친구들 데리고 왔는데 별로네, 이런 시골에 가게를 차려서 내비 찍고 들어오느라 한참 고생했다, 투덜대는 손님부터 가게 안에 고양이 있다고 소리소리 지르고 병이라도 걸릴 듯 기겁하며 나가는 손님, 작년에 왔을 때보다 발전이 없다고 가르치려 드는 손님까지 다양합니다. 차 값이 비싸다고 메뉴판 보고 도망치는 손님은 그래도 양반이네요(아메리카노가 5000원인데 시내처럼 2000~3000원 받을 수는 없잖아요?).

우리 가게처럼 테마형으로 운영하면(분명 우리는 식물 판매가 주업이긴 합니다만 손님 수는 절대적으로 카페 이용객이 많으니 어쩔 수가 없네요) 여러 가지 문제가 발생하고, 손님이면 다행이지만 구경하고 사진 찍고 염탐하고 그냥 가버리는 사람들 때문에 너무나 스트레스를 받습니다. 우리 가게뿐 아니라 전국의 모든 테마형 식당, 카페 운영자들의 공통된 괴로움일 겁니다. 주차장에 차를 대는 순간부터 메뉴 주문을 받는다고, 입구에 대문짝만 하게 메뉴를 주문하지 않으면 입장 불가라고 써 붙이는 가게도 있다는군요. 우리도 이런 것 저런 것 다 고려해봤지만 저와 신랑이 운영하면서 파트타임으로 일하는 스태프들이 조금씩 도와주는 형식이기 때문에 뭔가 새로운 방법으로 가게 운영을 바꾸려면 인원이 또 필요해집니다. 그리고 타인에게 하기 싫은 말을 억지로 해야 하는 것, 저나 신랑은 물론 스태프도 스트레스를 받는 것이 절대적으로 싫답니다.

그래서 적당히 한쪽 눈 감고 귀도 닫고 살려고 노력하는 것뿐입니다. 제게는 세상에서 가장 쉬운 것도 장사이고 가장 어려운 것도 장사이고 그런 것 같아요.

천천히 느릿느릿하게

입도 7년 만에 집을 완성하고 이사를 들어왔습니다. 집 짓고 입주도 했지만 아직 빈 다락방은 남편의 아지트처럼 쓰고, 눈에 잘 안 보이는 벽은 도배도 안 하고 페인트칠도 안 한 공간이 있습니다. 너무 쉬엄쉬엄 마무리를 진행하는 것 같은데 여기는 빨리 하라고 채근만 하기엔 제가 이상해 보이는 '시곗바늘이 천천히 도는 제주섬'입니다.

사람마다 마음속에 각자의 시계가 있다, 라는 표현을 잘 씁니다. 저같이 성질 급하고 빨리빨리에 익숙한 사람의 시계는 엄청 빨리 돌고, 신랑처럼 이래도 좋고 저래도 좋은 속 터지는 선비 마인드를 지닌 사람의 시계는 천천히 돌아간다는 거죠. 그게 맞지 않으니 나는 속 터지다 못해 뭉개지고, 신랑은 그런 저에게 맞추려니 힘들어하는 것이고요.

저는 서울에서 살아온 사람이라 마음속 시계가 도시 시계에 맞춰져 빨리 돌아갑니다. 그런데 제주섬에 오니 저 말고 다른 사람들의 시계는 모두 다 느릿느릿 가는 겁니다. 처음엔 이해도 못 하겠고 답답하고 속 터지는 일 천지였어요. 섬사람들 특유의 여유라고 생각하기엔 이해하기 힘든 일 천지라 솔직히 흉도 보곤 했습니다. 이러니 발전이 느리지 하면서요.

그런데 생각해보니 느리게 살고 싶어서 귀촌한 게 저란 사람이더라고요. 다른 사람들의 시계가 느리다고, 거기 시계 고장 난 듯하니 배터리 갈라고 홍보기보다 제주에 왔으니 이곳 시계 속도에 맞춰가는 게 맞더라고요. 그래서 도시의 빨리빨리에 익숙해져 보지 못하고 경험하지 못한 채 그냥 지나쳐버리는 것들을 다시 곱씹을 수 있는 느릿느릿을 천천히 배우는 중입니다. 이제는 해 질 녘이란 것도 알고, 한밤중에 하늘의 별을 세는 것도 알고, 바람의 방향이 바뀌는 것도 알고, 어제 내가 따 먹은 마당의 딸기 옆에 새 딸기가 익어가는 것도 알아요.

천천히 살고 싶어요. 이렇게 재미있고 즐거운 것 천지인 세상을 온전히 즐기고 느끼다 가려면 시곗바늘을 느리게 돌려야, 아니 멈춰야 하는 것을요.

내 인생의 롤모델

얼마 전 국립수목원에서 현대 정원 트렌드 조사 차 연구원이 방문했습니다. 제주에서 정원 생활을 하는 제게 의견을 물으니 참 민망하기도 하고 황송하기도 했는데, 작년에도 와서 몰래 조사하고 갔다기에 기분이 조금 으쓱했어요. 그런데 인터뷰 중에 제 이야기를 들으면서 자꾸 이상하다, 이상하다, 하더니 "혹시 한남동?" 하고 묻는 겁니다. 세상에, 그 연구원이 20년 전 함께 공부한 분이었습니다.

저와 그 연구원은 같은 스승님 밑에서 꽃 공부를 시작했습니다. 저는 결혼 후 숍을 운영하고 그분은 학교에 있었어요. 긴 시간 일주일에 한 번씩 얼굴 보며 공부했는데 오랜만에 이렇게 만나니 어찌나 놀랍고 신기한지요. 제가 제주에 내려간 이야기는 다른 분들 통해 들었지만 송당나무 정원의 주인장이 저일 줄은 몰랐다고 합니다. 제 정원 계획과 꿈에 대해 이야기하니 잘 진행되고 있다면서 자기 일처럼 기뻐해주고, 더 앞으로 나아갈 수 있을 거라며 힘을 넣어

주고 갔어요. 어쩌나 고맙던지요. 자연스레 우리의 스승님 이야기가 나왔습니다. 스승님은 저를 꽃의 세계로 인도하고, 의도치 않게 신랑도 소개하고, 제 모든 삶의 기준을 높여준 열정적인 분입니다. 칠순이 넘었지만 미학 공부를 위해 다시 외국에 나갈 준비를 하신다니 어느 정도인지 알겠죠? 그야말로 제 인생의 롤모델입니다.

이야기 끝에 스승님은 삶의 기준이 너무 높으니 제자인 우리가 쉬운 삶을 살면 그분께 혼날 듯하고 죄를 짓는 기분이 들어 무슨 일을 진행하든 어려운 기준과 노력하는 자세를 갖지 않을 수 없단 말을 나눴습니다. 그런 점에서 힘들고 괴롭기는 해도 내 열정의 기준이 될 수 있는 사람을 만났다는 사실이 얼마나 큰 축복이냐고요. 누구와도 비교하지 않은 채 편하게 사는 것도 삶의 한 방식이지만, 게으르고 맹송맹송한 저 같은 사람에게는 평생 나 자신을 채찍질할 수 있는 계기가 필요한 듯합니다. 그런 점에서 스승님은 항상 꼭 필요한 존재가 되어주신답니다.

인생의 롤모델이 있고, 그 사람을 닮고 싶어 평생 노력하면서 살 수 있다는 게 얼마나 큰 행복인지 모릅니다. 저도 언젠가는 누군가에게 영감을 주는 사람이 되고 싶습니다.

고운 파스텔 톤일까, 쨍한 원색일까

세화오일장에서 김칫거리를 잔뜩 사다놨습니다. 밤늦게까지 쉬지도 못하고 김치를 담가야 할 것 같아요. 성격상 한 번에 한 가지 김치를 하지 못하고 열무김치와 오이소박이를 한꺼번에 한다고 재료를 잔뜩 샀어요. 대충 해도 괜찮을 것 같은데 이번엔 인터넷에서 레서피를 찾아 맛이 시원한 열무물김치를 위해 황태 머리를 푹푹 끓이고 오이에 칼집을 내 소금에 절이고 있습니다.

시장에서 가장 야들야들한 열무를 고른다고 두세 바퀴를 돌아서 사고 있는데, 동네 삼촌이 무슨 김치를 담근다고 열무를 고르냐며 물김치를 사 먹으라는 겁니다. 시장 반찬 가게에 종류별로 다 판다면서요. 생각해보면 제가 귀농할 즈음엔 세화오일장에 반찬 가게가 한 곳이었는데 지금은 서너 곳 되는 것 같습니다. 가게마다 손님도 많고요. 김치 정도는 눈감고 후딱 담가내실 손맛 내공 어른들도 이제 반찬을 사 먹는 게 훨씬 편하고 맛도 좋다고 하십니다. 다리가 불편한 동네 어른들이 시내 마트에 나가는 제게 김치를 사다 달라고 부탁하면서 너무 편하다고 하시거든요. 물론 혼자 사는 어른이 많기도 하지만, 반찬을 사 먹는 게 이상하지 않을 만큼 도시와 시골의 격차가 많이 줄어든 것도 이유겠지요.

얼마 전 TV 프로그램에서 인터뷰 요청이 들어왔습니다. 작가분이 귀촌한 뒤 달라진 게 뭐냐고 묻더군요. 아마도 영화 《리틀 포레스트》 같은 삶을 기대했을 텐데 저는 좀 달랐습니다. 그런 삶은 꿈같은 일이고 이곳 시골의 삶도 도시와 별반 다를 게 없다고 했더니, 저처럼 말하는 사람은 처음이라고 하더군요. 결국 방송 인터뷰는 탈락했습니다.

하지만 사실인 걸요. 텃밭에서 고추, 상추 키워 먹는 게 전원 생활의 전부가 아니거든요. 생활 자체도 아니고 시골 생활의 즐거움도 아닙니다. 쥐, 벌레, 뱀이 나오는 게 진짜 시골이에요. 내추럴한 리넨 앞치마를 두르고 나무 스푼으로 밥을 먹는다거나, 호박꽃이나 머위순을 따다 튀겨 먹는다거나, 들로 산으로 나물 캐러 다니는 이야기는 시골 삶의 아주 작은 부분이지 전부가 아닙니다. 《리틀 포레스트》의 한 장면처럼 사는 사람을 저는 본 적이 없습니다. 시골에 사는 사람들도 읍내 반찬 가게에서 반찬을 사다 먹고 동네 편의점에서 삼각김밥에 우유 하나로 끼니를 때우기도 한다는 겁니다. 하루 종일 밭에서 일하다 저녁에 들어오면 숟가락 들 기운도 없어서 컵

라면으로 저녁을 때우는 일이 빈번하고 쉬는 날엔 근처 골프장에서 골프도 치는 걸요.

영화의 삶처럼 뽀얗고 아름다운 파스텔 빛이 시골의 삶일까요? 아마도 조금은 더 쨍한 '원색의 피곤한 삶'이 더 클 텐데, 파스텔 빛만 생각하고 귀촌한다면 실망만 클 뿐입니다. 본인의 착각이었다는 생각은 못 한 채 시골이 변했다, 시골 사람들이 무섭다, 라며 도시로 돌아가는 사람도 많이 봤습니다.

앞서 이야기한 작가분 역시 파스텔 톤으로 가득한 시골의 삶을 화면에 담고 싶었는지도 모릅니다. 앞마당에 키운 고추, 오이, 호박을 따 먹는 그런 이야기를 기대했다고 하시더군요. 물론 저도 이것저것 직접 키워 먹기는 하지만, 역시 그것만이 시골 삶의 전부는 아닐 겁니다. 혹시 저만 고추 따 먹고 사는 삶에 만족 못 하고 라면 끓여 먹으면서 궁상스럽게 사는 걸까요? 저 혼자만 고생하며 쨍한 시골 생활을 하는 걸까요? 정말로 그렇다면 조금은 절망스러운 기분입니다.

고집 부려야 할 땐 고집스럽게

며칠 전 남자 손님 대여섯 분이 우르르 들어오셨습니다. 신랑이 커피를 내려 서빙했는데 조금 뒤 다른 카페의 커피를 테이크아웃 해 가져오신 분이 황급히 카운터로 돌아와 묻더군요.

"사용하는 커피 원두가 뭔가요? 맛에 깜짝 놀랐습니다."

그러면서 소개를 합니다. 서울 근처에서 바리스타 수업을 병행하는 큰 규모의 로스터리 숍을 운영하는데, 함께 온 분들이 모두 유명한 바리스타 선생님들이라고 합니다. 이어서 우리 커피가 원두도 최상급이고 로스팅도 잘했고, 커피 맛도 매우 좋다고 덧붙였습니다.

사실 우리는 직접 로스팅하지는 않습니다. 신혼 때 동국대 근처에 '빈스'라는 커피숍을 열었고, 그 후로 커피를 취급하는 가게들을 15년 정도 운영했지만, 정작 우리는 커피를 잘 모릅니다. 저는 아직도 설탕 왕창 넣은 라테를 좋아하고 신랑은 콜라에 영혼을 판 사람입니다. 원두 종류도 잘 모르고 로스팅이니 뭐니 해본 경험도 없어요. 단지, 송당나무에서 사용하든 원두는 온전히 사람 하나 믿고 구입해 쓰는 것입니다.

　우리 커피를 로스팅해주시는 분을 만난 건 10여 년 전쯤입니다. 인연이 참 깊어요. 제가 상암에서 꽃집을 할 때 머리가 희끗희끗한 아저씨 한 분이 문을 열고 들어오시더니 매우 조심스럽게 묻더라고요. 꽃향기 좀 맡고 가도 되냐고요. 이유를 물었더니 사실 자긴 커피하는 사람인데 원두 테이스팅하면 커피 향을 수백 가지로 나눠서 구분을 해야 한대요. 흙 향, 과일 향, 나무 향, 바다 향, 꽃 향이 나는 커피 향 등으로 구분하는데 아무리 생각해도 자기는 그 꽃이 뭔지도 모르겠고 향도 모르겠더라는 거예요. 물론 대표적인 아로마 향은 향수 등을 통해 알 수 있지만 분명히 원래 꽃 향과 인공적인 향제로 만든 향은 다를 거라는 거죠. 그래서 그 진짜 꽃 향을 알고 싶으셨다고 합니다. 이후로도 그 분은 시간이 날 때마다 저희 숍에 들러 꽃향기를 맡고 가셨습니다. 몇 시간씩 조용히 꽃향기를 맡다 가시면서 저와 커피이야기도 나누고, 그 김에 저는 맛난 커피도 얻어 마셨지요.
　그 인연이 여기까지 온 거랍니다. 제가 송당나무에서 커피를 팔면서 단 한 번도 고민하지 않고 그분의 원두를 받아쓰는 건 그분을 믿는 거예요. 좋게 말해 고집이고 나쁘게 말하면 융통성 없음이지

만 전문가에겐 그런 게 필요하다고 봐요. 세상에 타협하는 것보다 더 쉽고 나쁜 건 나 자신과 타협하는 건데, 진짜 전문가는 그런 게 안 된다고 생각해요. 기질적으로요. 예를 들면 클라이언트가 아무리 봐도 6개월 후엔 다 죽어버릴 식물들만 골라서 심어달라고 했다면 클라이언트를 설득해야 하는 거죠. 지금 당장 멋있다 해도, 지금 당장 내 이름이 높여진다 해도, 지금 당장 내 주머니에 돈이 꽂힌다 해도 하지 말아야 하는 겁니다.

아! 물론 저도 100퍼센트 맞게 살진 못하기에 많이 반성하고 노력하며 사는 중입니다. 그런데 그런 삶의 길은 가는 데 시간이 너무 오래 걸려요. 나름 고집스럽게 길을 간다고 하지만 저만 고생하는 것 같고 느릿느릿 답답하게 이뤄지는 일도 없는 것 같은데, 다른 사람들은 뛰어가는 것도 모자라 벌써 우주선 타고 화성에 가 있는 듯한 느낌이 드니 말이죠. 하루에도 열댓 번씩 내가 잘 사는 것 맞나 되물어봐도, 이게 정답임을 알면서도 다른 이들의 재빠르고 멋진 삶을 보면 제 방식이 바보 같아 보이기만 합니다.

그래도 어쩔 수가 없습니다. 제 주변은 온통 우리 원두를 로스팅해주시는 바리스타님처럼 고집스런 사람들뿐이고 그런 사람들을 좋아하는 마음이 사실이니까요.

식물을 아는 플로리스트

　우리 가게를 찾는 손님 중에는 '나이가 드니 꽃이 좋아진다'란 말을 하는 분들이 계십니다. 젊을 땐 꽃 선물을 받으면 꽃 대신 돈으로 주지, 했는데 나이 드니 내 돈 주고 식물을 산다는 겁니다. 실제로 가드닝에 빠지는 나이대 역시 40대인 것 같습니다. 그렇게 보면 저는 좀 일찍부터 시작한 셈이고요. 물론 플로리스트 생활을 오래 했으니 일찍이 식물을 좋아하고 잘 키웠을 거라고 생각하겠지만, 그렇지도 않습니다. 플로리스트라고 모든 식물을 잘 알고 잘 키우지는 않아요. 식물을 다룬다는 공통점이 있지만 가드너와는 굉장히 다른 직업입니다. 물론 둘을 겸하는 저 같은 사람도 있지만 그리 많지는 않아요. 엄연히 다른 영역이니 반드시 다 잘하는 사람이 좋은 가드너나 플로리스트가 되는 필수 조건은 아니지만, 다 잘하면 좋은 것은 사실입니다.

　제가 처음 꽃을 시작한 건 1999년입니다. 운이 좋아 너무 좋은 선생님을 만난 것을 계기로 인생의 길이 바뀌어 플로리스트가 되고, 이제는 제주 송당리의 정원사로 사는 중입니다. 그런데 제게는 원래 '식물 좋아하는 유전자'라는 게 있었던 것 같다는 생각도 듭니다. 중고등학교 시절 친정집 작은 마당에 물을 주는 것은 거의 제 일이었는데, 사실 방과 후 집에 돌아오자마자 식물에게 물부터 주는 학생이 많지는 않았을 거예요. 어쨌든 플로리스트와 가드너를 겸한 저란 사람의 일은 팔자인 듯도 하지만, 겨울인데도 시퍼렇게 올라오는 잡초를 보면 도망가고 싶어지는 것은 어쩔 수 없나 봅니다. 제주는 겨울이 따뜻해서 월동하는 식물이 엄청 많은 것만큼이나 시퍼런 겨울 잡초도 많이 올라옵니다. 동네 언니들 말이 이노무 제주는 봄 잡초, 여름 잡초, 가을 잡초, 겨울 잡초 다 다르다고 합니다. 서울의 겨울은 추워서 초록 구경이 어려운데 이노무 제주는 한겨울에도 눈 돌리는 곳마다 시퍼런 잡초 덩어리예요.

물론 적당히 눈을 감고 시퍼런 잡초들을 푸른 평야의 한 부분으로 여기면서 '아, 저기에 소박한 야생화가 자랐네!' 하며 적당히 무시할 수도 있어요. 잡초도 플로리스트의 눈으로 보면 나름 예쁜 면이 있는 식물이거든요. 하지만 저는 가드너이기도 해서, 잡초를 뽑지 않았을 때 기하급수적으로 늘어나는 잡초의 개체수와 그로 인해 고통받을 미래의 제 모습이 바로 상상됩니다. 그러니 한겨울에도 호미를 들고 투덜거리면서 또다시 정원으로 나가는 일상입니다.

사계절, 낭만이되 낭만 아닌
환상 깨기 식물 생활

4장

식물과 함께여서 배운다

두 계절 앞서 사는 가드너

가드닝은 항상 두 계절 정도 앞서 생각하고 준비해야 하는 작업입니다. 튤립 구근은 매년 10월 즈음 네덜란드에서 전 세계로 유통을 시작합니다. 전 세계 어느 도시를 막론하고 꽃을 피우는 튤립 구근은 '메이드 인 네덜란드'입니다. 가드너는 여름이 되면 올해 튤립을 어느 정도 구입할지 고민을 시작해야 합니다. 그리고 한국에 들어왔단 소리를 들으면 잽싸게 구입해 가을쯤 정원에 심어두지요. 그렇게 해야 다음 봄에 튤립꽃을 볼 수 있으니 계절을 앞서가야 하지만, 예상한 것보다 실제 쓰이는 양이 달라져 낭패를 볼 때도 많아요. 특히나 2020년은 코로나19 때문에 예상이 빗나가서 엄청 고생했습니다. 우리는 판매까지 겸하는 터라 코로나19가 계속되면서 판매에도 많은 문제가 생긴 것입니다.

반면 지금 당장의 모습이 지겹고 재미없어서 신경 쓰지 않거나, 끈기 있게 기다리지 못하고 파냈다가 뒤늦게 땅을 치며 후회하는 경우도 많습니다. '아, 저 녀석은 미리 더 심어둘걸. 생각보다 너무 예쁘잖아? 아쉬워라…' 이런 식인 거죠. 올해 제게는 '파인애플세이지'가 그렇습니다. 아니, 생각해보니 해마다 초겨울이면 파인애플세이지 타령을 하는 것 같아요. 여름엔 시퍼런 잎사귀만 왕창이라서 조금 재미가 없거든요. 게다가 어쩌나 빨리 자라는지 옆 동네 침범도 잘해서 미리 잘라버리거나 태풍에 엎어져도 죽든지 말든지 신경을 덜 쓰는 그런 녀석이에요. 그런데 모든 꽃이 다 지고 월동 준비에 들어서면서 '꽃 비스무레한' 녀석들이 아쉬워질 때면 효자 식물이 되는 겁니다. '나 여기 있어요!' 온몸으로 외치는 빨간 꽃을 한가득 피우고 서리 내릴 때까지 꽃잔치를 열어주거든요. 초겨울이면 더 심을걸, 하며 후회했다가 얼마 지나지 않아 다시 잊어버리기를 반복합니다.

식물 수업을 하면서 학생들한테 "일년초가 좋으세요, 다년초가 좋으세요?" 물어보면 대부분은 수고로움을 생각해 다년초를 선택하고, 그 다년초도 1년 내내 꽃이 피었으면 좋겠다고 대답합니다. 결론적으로 그런 식물은 거의 없다고 봐야 합니다. 모든 식물이 1년 내내 다 예쁘고 제 역할을 하면 좋겠지만 인간의 욕심일 뿐이죠. 예쁜 모습을 보기 위해 보잘것없거나 보기 싫은 모습도 참아야 할 때가 있고, 순간순간 뿌리 뽑아 던져버리고 싶은 마음을 참아야 하는 녀석들도 있어요. 뭐 사람도 일도 마찬가지일 테지만 이겨내고 견뎌내는 것은 항상 힘들지요. 지난 한 주가 어떻게 지나갔는지 모를 정도로 여러 가지 일을 해치웠지만 지금 당장은 달라진 게 보이지 않고, 내 몸만 축난 것 같고, 머릿속은 과부하가 걸렸는지 깊은 생각도 하질 못하겠고요. 이런 저도 언젠가는 꽃을 피우겠죠?

Tip

⋮

가드너는 적어도 두 계절은 미리 준비해야 합니다. 올봄에 꽃을 보려면 지난가을에, 올가을에 꽃을 보려면 지난봄에 심어야 합니다. 전지 작업 같은 관리 역시 지금 당장은 좀 과하더라도 자라나는 모습을 생각해 한두 해 지나서 더 풍성하게, 단단한 모습으로 자라날 수 있게 해야 합니다. 이렇게 미리 준비하려면 성실한 자세도 필요하지만 몇 계절 후의 모습을 그려볼 수 있는 상상력도 꼭 필요합니다.

기다림에 익숙해지다

　한 주를 무슨 정신으로 견디는지 모르겠어요. 늦깎이로 학교 다니면서 과제하랴 발표 준비하랴 이리 치이고 저리 정신 나가는데, 주중에는 제주시에서 진행하는 창업 교육도 오전 9시부터 오후 6시까지 듣고 있어요. 변리사와 상담을 하고 싶기 때문입니다. 일반인이 변호사나 변리사 같은 전문가에게 본격적인 상담을 받으려면 상당한 비용을 지불하거나 개인적 친분이 있어야 하지요. 저는 그럴 여유가 없는 촌아줌마이고 주변에 아는 분도 없는데, 시에서 진행하는 이번 수업을 들으면 상담이 가능하다고 해서 꾸역꾸역 듣고 있습니다. 무슨 공부든 당장은 필요 없는 듯해도 언젠가는 도움이 되고 도움이 안 되더라도 생각을 전환하여 내 생활을 되짚어볼 수 있기에 좋다는 건 익히 알지만, 40대 중반의 체력이나 정신머리로는 뇌부하가 걸리는지 너무 힘든 한 주입니다. 짬짬이 과제를 하고 밤엔 또 수업이 있고, 주말 웨딩 준비도 해야 하고, 다음 주부터 제 수업도 진행한다고 해버렸으니… 앞이 캄캄하네요.

다른 사람보다 일찍 은퇴한다는 마음으로 쉬고 싶어 귀촌했는데, 우다다 달려나가는 치열함보다 내가 진짜 하고 싶은 걸 하고 싶어서 시골로 왔는데, 도대체 왜 이러고 사는지 모르겠어요. 보이지 않는 것들이 차곡차곡 쌓여 언젠가는 빛이 나겠지 하면서도 지금 당장 눈에 보이는 게 없고, 나보다 별로 대단해 보이지 않는 사람들이 언제 다이어트는 했는지 가볍게 훨훨 날아가는 걸 보면 '지금 도대체 나는 이 촌구석에서 뭐 하는 거니?'란 생각만 듭니다.

식물을 키우는 사람이라 견디는 것, 기다리는 것에 도가 텄다 생각했는데도 이런 생각이 드는 걸 보면 아직 멀었나 봅니다. 어떤 식물은 씨를 뿌린 지 두세 달 만에 꽃을 피워 벌과 나비를 모으지만, 또 어떤 식물은 씨를 심고도 몇 년이 지나야 싹이 나고 속 터질 정도로 천천히 자라서 꽃을 피우는 데까지 수십 년이 걸립니다. '그래, 너는 천천히 자라는 나무야. 천천히 자라서 오랫동안 꽃을 피울 거야'라는 주문을 걸면서도 막상 그 과정을 견디는 게 힘들어요. 물도 주고 비료도 주며 애정하고 지켜봐야 하는데 지금 당장 눈에 보이는 결과가 없으니 힘들다는 거죠. 그래도 어쩌겠어요? 이 일을 하는 이유가 있고, 하고 싶어서 하는 거니까 견뎌내는 거죠.

그래도 말이죠, 천천히 자라는 나무 같은 사람이 되자 하면서도 이상 기온으로 가을에도 꽃이 피는 미친 벚나무처럼 꽃이 좀 빨리

피든가 나비가 날아왔음 좋겠단 마음이 드는 게 사실입니다. 이런 생각으로 머릿속이 복잡하고 기운 빠져하는 40대 아줌마가 여기 있습니다.

Tip
⋮

식물이 꽃을 피운다는 건 유년기가 지나고 성년이 되었음을 뜻합니다. 파종 후 60일 만에 성년이 되어 꽃을 피우는 녀석들도 있지만 파종 후 20년이 지난 후에야 꽃을 피우는 녀석들도 있습니다. 꽃을 피운다는 것은 생식 번식, 즉 시집 장가 갈 준비가 되었다는 의미입니다.

힘겨운 여름 나기

　날이 덥고 습하면 대부분의 식물은 신 나라 합니다. 잎도 많이 내고 꽃도 방긋방긋해요. 식물은 보통 25도의 온도를 좋아하고 80퍼센트 이상의 습도를 편안해합니다. 하지만 덥고 습한 날씨를 몹시 싫어하는 식물도 많아서, 실내 식물 중 꽃을 피우는 녀석들은 여름 나기 준비를 잘해야 합니다. 자칫하면 여름내 시들거리다가 죽어버리기 일쑤기 때문이죠.

　후크시아가 대표적입니다. 보통 덥고 습해지기 전에 시원하고 그늘진 자리를 만들어주는데, 저는 팔다리를 다 잘라내는 극약 처방을 하기도 해요. 덥고 습해서 내 몸뚱이 하나 살아나가는 것도 벅차 죽겠는데 무슨 잎이고 꽃이냐는 것이죠. 이럴 때는 확 '강전정'을 해야 합니다. 긴 가지를 꾹 눈 감고 확 잘라서 짧은 가지 못난이로 만들어요. 그리고 나서 시원한 자리로 보내면 좀 더 쉽게 더운 여름을 견디더라고요. 그런데 이게 정말 힘든 것이, 후크시아는 가지 끝에 꽃이 달리는 식물이고 여름이면 시들시들 엄청 힘들어하면서도 줄기차게 꽃을 피워내거든요. 예쁜 꽃을 눈 질끈 감고 잘라낸다는 게 저처럼 식물을 많이 다뤄본 사람도 사실은 힘들어요. 시든 꽃을 떼어주는 데드헤딩하고는 또 다른 의미니까요. 가지를 완전히 쳐내고 꼴 보기 싫은 상태로 보내며 두 달을 기다려야 해요. 가지를 잘라내야 여름을 잘 보내고 가을에 더 예쁜 꽃을 많이 보여준다는 걸 잘 알면서도 지금 당장은 너무 예쁘니까, 꽃이 아까우니까 하루만 더 보고 내일 자르자 하면서 계속 미루기만 한다는 것이죠.

전정은 미래를 위해 지금 당장의 예쁨을 조금 포기하는 것인데, 식물 초보자뿐 아니라 저 같은 사람도 너무 아깝고 아쉬워서 힘든 일입니다. 하지만 적당히 포기하고 솎아낼 줄 알아야 더 좋은 결과물을 얻을 수 있어요. 힘든 여름을 못난 상태로 견딘 뒤 가을 겨울에 더 예쁜 모습으로 방긋방긋할 녀석들을 기대합니다.

Tip

동물이 겨울잠을 자듯 식물도 겨울잠을 자는 녀석들이 있고 여름잠을 재워야 하는 녀석들이 있어요. 여름잠을 재우려면 꽃피는 걸 생각하지 말고 강전정을 한 뒤 시원하고 환기가 잘되고 적당히 그늘진 곳으로 옮겨야 합니다. 물은 조금 건조한 듯이 주는 게 좋아요.

흔하지만 씩씩한 사람

국화과의 루드베키아는 여름 정원에서 너무 흔한 꽃입니다. 요샌 노란색 꽃이 인기가 주춤해서 길가에 피는 금계국과 함께 흔한 것, 쉬운 것, 싼 것, 촌스러운 것으로 느껴지는 식물입니다. 그런데 흔하게 보인다는 건 그만큼 번식이 잘되고 강건한 식물이라는 거예요. 게다가 여름 식물이라는 건 건조에도 강하고 거센 비바람이나 높은 습도에도 잘 견딘다는 의미죠.

대한민국이 88올림픽을 준비하던 때, 전국의 도로변을 급하게 꾸미느라 길가 곳곳에 종자를 뿌려댄 탓에 지금은 전국 어디서나 흔하게 보는 식물이 된 것입니다. 그때 뿌린 종자의 후손들이 아직까지 전국 팔도에 많이 보인다는 건 강건하고 키우기 쉬운 좋은 식물이란 의미도 있겠지요. 그만큼 흔하다는 이유로, 요즘 유행하는 여름 정원은 보라색 위주라는 이유로 '싸구려 꽃' 이미지가 박혀버렸지만 저는 꽤 좋아합니다. 다른 분들이 싫어하는 이유와 같은 이유로 좋아합니다.

싸기 때문에, 흔하기 때문에요. 구하기 힘들고 생김새가 특이하고 키우기 어려운 식물도 나름 매력이 있지만, 색이나 모양이 조금은 촌스럽고 흔한 데다 죽으라고 고사를 지내도 안 죽고 자연 번식도 잘되는 튼튼하고 강건한 식물이 좋아요.

제가 나름 넓은 정원을 가꾸기 때문에 힘들고 어려운 식물을 키운다는 게 얼마나 괴로운 일인지 알아요. 키우기 어려운 그 녀석 하나만 정원에서 쳐다보고 있는 것은 힘들잖아요. 정원이 펼쳐진 멋진 집을 짓는다고 넓은 땅을 사서 비싼 식물을 잔뜩 심어놓고, 어려운 식물 관리로 땅 자체가 짐이 되어 아예 정원 일에 손을 놔버리는 분을 정말 많이 봤습니다. 서귀포의 고급 부티크 호텔 앞마당에 몇 천만 원을 들여 고급 그라스, 이끼 정원을 만들고 직원을 구해 맡겼는데도 식물 자체가 너무 어렵다 보니 관리하기 힘들었나 봅니다. 식물은 자꾸 죽어나가고 직원은 책임 지고 그만두는 일이 반복되자 결국 호텔의 얼굴인 정원이 흉물이 되어버렸다는 이야기를 들었어요.

저도 식물이라면 꽤 많이 키웠을뿐더러 웬만한 건 다 관리할 줄 아는데도 자꾸 죽어나가는 식물이 많아요. 하물며 취미 가드너라면 얼마나 많은 실패를 겪겠어요. 취미 정원이 아닌 상업 공간이라면 문제는 더 커집니다. 식재하는 곳의 환경을 고려하지 않고 무조건 유행을 따르거나 보기 좋은 고급 식물만 심어놨다가 금방 죽어버리거나 관리에 예상보다 많은 인력과 돈이 들어가면, 큰 꿈을 가지고 시작한 프로젝트라도 중간에 포기해버리는 경우를 종종 봐왔어요.

비싼 고급 식물은 저도 많이 키우고 있지만 비싼 데는 다 이유가 있는 법입니다. 관리가 어렵고 번식이 어렵기 때문에 가격이 비싼 겁니다. 요즘은 해외에서 새로운 품종이 많이 수입되는데, 국내 환경을 고려하지 않고 무작정 대량 수입해 유통했다가 한두 해 만에 다 죽이는 경우도 있습니다.

20년 전 꽃 일을 시작할 때 마음가짐은 3퍼센트를 위한 꽃 일이 아니라 3퍼센트를 30퍼센트로 만들 수 있는 꽃 일을 하자였어요. 제가 꽃 일을 시작할 때도 꽃꽂이가 아니라 돈꽂이라 할 정도로 꽃 값이 비쌌고, 제대로 배우려면 많은 시간과 노력, 돈을 들여야 했어요. 꽃 문화를 즐기는 사람도 적었고요. 하지만 꽃이 좋은 문화임에 틀림없으니 많은 사람이 즐겨야 한다고 생각해요.

꽃을 업 삼아 평생 하기로 마음먹은 이상 꽃 이름을 발음하기도 어려운 녀석들보다는 구하기 쉽고 키우기 쉽고 강건한 녀석들 위주로 유통하고, 디자인하고, 가르치려고 노력합니다. 예쁘고 섬세하고 야리야리하고 유행에 핫한 식물보다 튼튼하고 키우기 쉬운 것부터 시작해서 가드닝에 대한 흥미를 키워야 점점 어려운 식물에 도전할 수 있는 용기가 생기더라고요. 그런 이유로 제게 1순위는 튼튼하고 키우기 쉬운 녀석이랍니다

사람도 마찬가지인 것 같아요. 뭔가 독특하고 창의적이고 예민하며 예술 감성이 넘치는 특별한 사람이 대접받는 시대라고 하지만, 나이가 들어서 그런가, 시골에 살아서 그런가, 예쁘고 예민하고 감성적이고 세심한 사람보다 씩씩하고 재밌는 사람이 되고 싶어요. 그런 사람이 좋고요. 제가 정말로 시골 아줌마가 되어가나 봅니다.

Tip

⋮

어릴 때 마당에서 흔히 보던 분꽃, 맨드라미, 백일홍, 마가렛, 팬지 같은 꽃들은 누구나 쉽게 키울 수 있습니다. 동네 천원숍에도 종자를 구비해놓을 만큼 가격도 저렴하고 발아율도 높아 직접 파종해서 키우기 쉬운 데다 한 번 정원에 심어두면 해를 넘어가도 알아서 계속 싹을 내어 꽃을 피웁니다.

자연 앞에선 한없이 작고 작은 나

태풍이나 큰비가 지나가면 정원은 아수라장이 됩니다. 아수라장이 된 정원에 서 있으면 눈을 질끈 감고 싶을 정도로 모든 것이 일! 일! 일!로 보여서 어디로든 도망 가고 싶어요. 이리저리 엎어져서 가위나 낫으로 정리해야 하는 녀석들, 지주대를 세워줘야 하는 녀석들, 아예 빗물에 휩쓸려나가 엉뚱한 자리에 있으니 파내서 다시 심어야 하는 녀석들… 죄다 하나하나 손을 봐줘야 해요. 이런 와중에도 살 놈은 사는 건지 엎어진 상태로 꽃을 피우고 있네요.

정원 디자인을 하는 사람마다 추구하는 게 다를 텐데, 저는 계절 변화를 느낄 수 있는 정원을 좋아해요. 플로리스트로 일할 때도 꽃다발 하나조차 계절감을 살려서 제작하는 걸 좋아했답니다.

봄은 여백 속에서 힘차게 솟아나는 비비드 색감의 정원이고, 여름은 그린의 톤온톤 느낌을 풍부하게 살리는 게 좋고, 가을은 터져 나갈 듯한 부피감과 소재의 질감이 중요한 것 같고, 겨울 정원은 쓸쓸함을 살리는 게 포인트인 듯싶어요. 봄은 봄다워야 해요. 여름은 여름다워야 하고요. 가을은 가을 같고, 겨울은 겨울다워야 합니다. 그래서 한 공간이지만 언제나 같은 모습이 아니라 시간의 흐름에 맞춰 사계절 매번 다른 모습으로 옷을 갈아입는 정원을 만들기 위해 언제나 고민하고 식재하고 관리한답니다.

그렇지만 태풍이나 큰비가 지나가면 계절 변화든 디자인이든 조금이나마 살아남은 것만이라도 건져내길 기도하면서 정원을 정리하곤 해요. 정원을 정리하노라면 원래 비실비실 연약한 녀석들은 태풍에 날아가버리고, 단단히 뿌리 박은 녀석들만 힘든 태풍을 견뎌내며 탄탄하게 내년을 준비하는 걸 봅니다. 이럴 때는 오히려 안 좋은 날씨가 알갱이와 쭉정이를 나누는 좋은 기회가 된 거라고 위안을 합니다.

처음 이주했을 때는 태풍이라도 온다 하면 유리창에 테이프 붙이고 여기 어쩌나 저기 어쩌나 걱정하며 뜬눈으로 밤을 지새우기도 했는데, 지금은 태풍 예보가 뜨면 첫째, 둘째, 셋째… 순서로 착착착 준비한 뒤 그냥 기도 한 번 하고 푹 자요. 문제가 생기면 뭐 그때 가서 고치면 되는 거니까요. 제가 아무리 안달복달해도 날아갈 녀석들은 날아가는 거고 남을 녀석들은 남는 거니까요.

도시에선 사시사철 비슷한 온도의 건물이나 자동차에서만 지내니까 사실 날씨 변화조차도 느낄 수 없잖아요. 이제는 태풍이나 큰

비, 거센 바람도 좀 즐겨보려고 해요. 무서운 자연재해도 있지만 미리 잘 준비하면 큰 피해를 줄일 수 있고, 태풍에 엉망이 된 정원을 보면서도 알갱이와 쭉정이를 나눌 수 있다는 위안을 삼으며 즐겁게 지내는 게 시골 생활 같아요. 그냥 하루하루 감사할 일을 찾으면서 살아요. 늙어서 그런가 봐요.

Tip
⋮
태풍이 지나가면 바람보다 비 피해가 더 큰 경우가 많아요. 바람은 부러지거나 엎어지는 게 고작이지만 큰 빗물에 식물이 휩쓸리면 흔적도 없이 사라지거든요. 특히 건물 벽이나 지붕을 타고 흘러내려오는 빗물이 작은 개울을 만들기도 하는 터라 정원을 설계할 때부터 우수(雨水) 관리를 철저히 해야 합니다. 작은 비가 내릴 때 빗물이 흘러가는 모양을 관찰해서 고랑과 이랑을 만들든가 건물 지붕의 넓은 면적을 타고 내려오는 빗물을 처리하는 시설을 꼭 만들어줘야 해요.

섬 속의 식물들

　몇 년 전 엄청나게 더운 한여름에 배롱나무 수십 그루를 심었습니다. 배롱나무는 목백일홍이라는 다른 이름처럼 꽃이 귀한 여름날 100일 동안 예쁜 짓을 하는 정말 좋은 화목류입니다. 대부분은 진분홍색 꽃이 피는데, 가끔 흰색도 있고 보라, 빨강 등 돌연변이도 있어요. 저는 진분홍색 배롱보다 흰색이나 보라색 배롱을 아주 예뻐합니다. 한여름의 진분홍색 배롱나무는 뭔가 더워 보이거든요. 정원을 구성하면서 흰색이랑 보라색 배롱을 많이 심어야지 했는데, 보통 나무를 이식하는 봄이나 가을엔 배롱의 꽃 색깔을 확인할 수가 없어요. 꽃이 피기 전이거나 완전히 져버린 뒤니까요. 나무 농장에 가서 "흰색이나 보라색 배롱 주세요." 하면 농장 삼촌들이 "내가 어찌 기억을 하노." 이러십니다. 배롱의 색이 터지는 한여름 날 농장에 가서 보라색과 흰색 배롱을 구해다 옮겨 심느라 신랑이 엄청 고생을 했지요.

제주에선 희한하게 여름에 꽃이 피는 나무를 잘 심지 않습니다. 배롱뿐 아니라 이제는 제주를 상징하는 수국도 제주 삼촌들한테는 귀신을 불러오는 나무라고 천대받았어요. 동네 할머니 할아버지는 안마당에 배롱나무나 수국을 심으면 집에 귀신이 들어온다 믿더라고요. 여긴 섬이라 그런지 다른 곳보다 미신을 잘 믿고 무당을 찾는 풍습이 많이 남아 있어요. 나무 하나조차 미신을 의식해서 심고 안 심고 하는 게 처음엔 이해하기 힘들더군요. 수국이나 배롱이나 육지에선 엄청나게 인기 있는 식물이거든요. 특히나 정원에 수국을 마구마구 심는 건 꽃눈이 얼어버려서 꽃을 피우지 못하는 서울, 경기 가드너에게는 꿈같은 일입니다. 그러니 제주 삼촌들이 제 정원에서 배롱이랑 수국을 보곤 귀신 들어온다고, 뽑아야 한다는 걸 이해하기 힘들었죠.

어떤 어른들은 배롱이나 수국 같은 여름 꽃은 예전부터 무덤가에만 심었다는 말도 하셨습니다. 제주는 다른 지역보다 여름이 습한 섬이라 잡초가 엄청 무성하거든요. 추석 즈음 성묘하러 가야 하는데 부모님 묘를 찾을 수 없을 정도로 커버린 잡초를 헤쳐나가려면 표식이 되는 무언가가 있어야 했고, 그 역할을 배롱이나 수국 같은 여름 꽃나무가 했다는 거예요. 그래서 '무덤가에 심는 꽃나무= 귀신 들어오는 나무'가 되어버린 것 같다는 거죠. 이런 이유로 여름 꽃나무는 사람 사는 집 마당에는 심지 않는 거고요. 이것도 미신 같은 낭설일 수 있지만 뭔가 그럴듯하지 않나요?

정원도 건축과 같아서 풍수지리를 고려해 집을 앉히고 모양을 잡아내는 것처럼 정원에 심는 나무 한 그루 돌 하나도 의미를 두며 가져다놓는 게 전통 조경인데, 제주는 섬 고유의 미신 같은 게 있어서 여름 꽃나무를 배척하는 문화가 있다는 사실이 신기합니다. 물론 지금은 그런 것들이 많이 없어져서 제주 삼촌들도 마당에 배롱나무나 수국을 많이 심는답니다.

Tip

색색이 아름답고 풍선같이 크고 화려한 꽃을 피우는 마크로필리아 계열 수국은 서울 기준 겨울 날씨에 꽃눈이 얼어붙습니다. 그래서 영하 20도 이하에도 꽃눈이 얼어붙지 않는(정확히 말하면 꽃눈이 새 가지에 생기는) 목수국 계열이 인기입니다. 목수국 계열은 대부분 흰색이나 초록색이며, 유색의 꽃이 핀다 해도 실제로는 선명한 색이 아닌 경우가 대부분이라 직접 보면 실망하는 일이 많습니다. 마크로필리아 계열 수국의 꽃눈을 보려면 서울 기준 트지 않은 베란다에서 춥게 겨울을 나고 3월 지나 밖에 내놓으면 됩니다.

잡초를 키우는 정원

아이가 없었다면 나는 아이를 낳지 않으리라 인생 중대 결심을 할 것 같은 비행기를 타고 서울에서 돌아왔습니다. 오늘 새벽에 집을 나섰으니 당일치기네요. 자동차 운전에 비행기에 지하철에…. 아, 서울 지하철 노선표 보는 건 점점 어려워집니다. 제주 이주 후에도 지하철 노선이 여러 개 생겨서 정신이 없어요. 똑같은 걸 다시 반복한 참이라 정신이 혼미하기도 하고 피로가 머리 끝까지 차오른 데다가 어스름한 저녁이라 눈이 침침한데도 불구하고 '내 정원 잘 있었니?' 하며 정원에 나섭니다. 그런데 아, 또 못 볼 걸 봤어요. 잡초 말입니다.

잡초가 많이 올라오는 시즌엔 눈 딱 감고 정원을 돌아다녀야 정신 건강을 해치지 않는 수준으로 잡초가 생겨요. 비가 많이 오면 그 전에 "잡초 정리를 하긴 했니?"란 말이 나올 정도로 도루묵이 됩니다. 잘 크라고 고사 지내는 식물은 그대로고 잡초만 쑥쑥 자라는 정원 같아요. 정원하는 분이라면 다 똑같은 생각일 거예요. 내가 꽃을 키우는 건지 잡초를 키우는 건지 모르겠다는 거죠. 하나님이 만드신 모든 생물은 원래 그 자리가 있고 쓸모가 있다 하지만, 아뇨, 하나님도 정원이 있었다면 잡초 녀석이 이렇게 자랄 줄은 모르셨을 거예요. 저처럼 호미 들고 투덜대면서 잡초를 뽑으실지도 몰라요.

그런데 엄청 더운 한여름엔 잡초를 뽑지 않는 게 좋습니다. 작년 여름 우리 정원 옆 더덕밭에 잡초가 무성하기에 부지런하기로 유명한 밭주인 언니한테 "언니도 너무 더워서 잡초 뽑는 거 포기했어요?"라고 물어보니 한여름에 잡초를 뽑는 건 땅을 뒤집어놓는 거라 그대로 두는 게 낫다고 하더군요. 역시 농사 잘 짓는 사람들은 뭔가 달라도 달라요. 미국에서 대평원에 농사를 짓는다고 제초제를 뿌려 잡초를 몰살했더니 지온도 상승과 흙먼지 때문에 일조량까지 감소하여 농산물이 줄어들고 그에 맞춰 석유위기가 겹치면서 대공황이 왔다는 글을 본 것 같은데, 제 정원에 잡초가 많으면 저에게 정신적 대공황이 와요. 그래서 어제 동네 이모 모시고 끙끙대며 정원을 뒤집었습니다. 하지만 아직도 갈 길은 멀고 입추가 지났건만 햇볕은 타고 바람 한 톨 안 부는 것 같고 그에 따라 내 마음도 타고 그래요.

어떤 만화책에서 봤는데 가을이 오는 냄새가 있다고 합니다. 로맨틱한 남녀 주인공이 저녁 바람에 코를 킁킁거리더니 "가을이 오는 냄새다!"라고 좋아하며 눈을 맞추는데, 그런 냄새가 진짜 있는지 없는지 저녁 내내 정원에서 쿵쿵대봐야겠습니다.

Tip

정원에서 잡초 취급을 하지만 제비꽃, 애기똥풀, 꽃향유, 조개나물 등은 꽃도 예쁘고 번식력도 좋아서 적당히 가둬두고 키우면 훌륭한 지피식물 역할을 합니다

한결같은 마음으로

손님들이 식물을 구입하면서 자주 하는 질문들이 있습니다.

"우리 집은 구조상 해가 잘 안 드는데 날이 좋으면 햇빛 보게 내놓는 게 좋겠죠?"

"비가 올 때는 밖에 내놓는 게 좋겠죠?"

해가 잘 들지 않는 환경에서 키워야 한다든가 자주 들여다보지 못하고 관심을 잘 못 준 것이 미안해서 빗물이라도 듬뿍 마시라는 마음에 이런 질문은 하시곤 하는데, 저는 절대 안 된다고 합니다.

채광이 부족한 듯해 보이는 공간이라도 생장에 큰 문제가 없다면 식물은 그 자리에 적응하기 마련이거든요. 햇빛이 적어도 어떻게든 광합성을 하거나 광합성을 통해 생산된 에너지를 최대한 합리적으로 자기들이 알아서 적정량씩 배분해요. 호흡량을 줄이든 잎을 떨궈서 생산량을 줄이든 번식을 뒤로 미루든 알아서 방법을 찾습니다. 이렇게 환경에 적응해나가는 것을 '순화한다'고 합니다.

어두운 환경이지만 어찌어찌 적응하며 알아서 잘 사는 녀석한테 엄청난 선물을 주는 것처럼 '너 그동안 햇빛 못 봤으니 오늘은 실컷 봐라' 하고 땡볕에 갑자기 내놓으면 오히려 잎 조직이 타버리고 급속한 온도 변화로 식물 내외부에 문제가 생겨요. 급작스러운 변화는 식물을 헷갈리게 만듭니다. 부족한 에너지와 온도에도 잘 살아나도록 적응했는데 갑작스레 이동하면 쏟아지는 햇빛과 커다란 온도 차에 놀라는 거죠. 다이어트 끝나고 보식을 해야 하는데 이 과정을 건너뛰고 갑자기 고영양식을 섭취하면 배탈이 나거나 요요현상이 일어나는 상황과 비슷하다고 생각하면 됩니다.

식물도 이러한 터 동물이나 사람 역시 한결같아야 합니다. 행동이나 생각을 예측할 수 없을 만큼 괴팍하게 굴면서 이랬다 저랬다 하면 상대방이 헷갈려버려요. 애들 키우는 것도 마찬가지여서 저는 한결같이 무섭고 목소리 큰 잔소리꾼 엄마로 삽니다. 제가 갑자기 "사랑하는 울 아들, 엄마 뽀뽀!" 이러면 애들이 기겁하고 도망쳐버릴 테니까요. 갑자기 큰 애정을 주면 식물도 당황할 겁니다. 뭐든지 한결같은 게 좋습니다. 그래서 우리 꼬맹이 이름도 한결이랍니다.

Tip

어두운 곳에 둔 식물을 밝은 곳으로 옮겨야 할 때는 시간이 좀 걸리더라도 위치를 조금씩 움직여서 원하는 곳으로 옮기는 것이 좋습니다. 중간중간 2~3일 간격을 두고 조금씩 옮겨보세요. 벤자민 종류는 단순히 화분의 방향만 돌려도 예민하게 반응하여 잎을 다 떨구기도 하니 식물의 성질부터 파악하는 것이 좋습니다.

삶의 다이내믹함, 성장과 변화

실내에서 1년 내내 같은 모습을 보여주는 관엽식물도 좋지만, 계절별로 여러 가지 변화하는 모습을 보여주는 정원의 다년생식물을 더 좋아하는 편입니다. 심지어 실내 식물이라 해도 꽃이 잘 피지 않는 열대성 관엽식물보다 난이도가 있지만 꽃을 피우는 녀석들을 더 좋아해요. 물론 꽃을 보여준다는 공통점이 있습니다만 그것보다는 계절별로 변화하는 모습을 좋아한다는 거죠. '계절감'이야말로 제 정원을 디자인하는 주된 주제가 됩니다. 봄이면 수줍게 올라오는 새싹의 모습으로, 여름이면 푸르디푸른 잎의 무성함으로, 가을이면 붉게 익어가는 단풍으로, 겨울이면 앙상한 가지만의 쓸쓸함으로. 이렇듯 여러 가지 모습을 보여주는 식물을 사랑합니다. 해를 거듭할수록 성장하는 모습을 사랑하고 지켜봐주는 '맛'이 있는 녀석들을 좋아해요. 마당에 내놓은 유칼립투스는 온실 남쪽 창 밖에서 햇빛을 듬뿍 먹고 차가운 초겨울의 알싸함까지 뒤집어쓰며 아름다운 가을빛으로 물든 모습인데, 똑같은 유칼립투스라 해도 실내에서만 자라는 녀석은 연하디연한 연둣빛인 것처럼요. 식물이라면 목적에 따라 다른 조건으로 다른 모습으로 키울 수 있지만 역시 제 취향은 성장하고 달라지는 모습을 보여주는 녀석이에요.

사람도 그래야 한다고 생각합니다. 언제나 같은 모습을 보여주는 것도 중요하지만 그 안에서도 성장하고 변화해야 해요. 올 한 해는 제주 이주 후에 처음으로 별 사고(?)도 안 치고 몸 보전하면서 얌전히 산 것 같아요. 어떻게 보면 좋은 것도 있지만 재미는 없었어요. 인생의 목적이 재미만은 아니지만 저처럼 이상한 아줌마에겐 얌전히 사는 것 자체가 굉장히 힘든 일이라 이런저런 사고 칠 구상을 하는 중입니다. 주변 사람들은 걱정 반 기대 반으로 응원해주고, 신랑님은 또 무슨 일을 시키려나 하며 제 이야기가 안 들리는 척 무시하지만, 어쨌든 그 결과는 온전히 제 책임이니 열심히 즐겁게 살기 위해 사고 칠 구상을 합니다. 사고 치면서 그 과정을 통해 다른 모습으로 성장하길 기도하면서요.

Tip

식물을 라이프사이클로 크게 분류하면 일년생과 다년생으로 나뉩니다. 일년생은 발아-생장-개화-결실-노화-종자 생산-고사의 과정이 한 해 안에 끝나는 식물을 말하며, 다년생은 종자 생산 후에 겨울을 지내고 봄에 새순이 나면서 생장-개화-결실의 과정이 반복되는 식물을 말합니다. 다년생식물은 크게 배치하고 일년생식물은 해마다 다르게 변화를 준다면 매년 새로운 정원을 디자인할 수 있습니다.

금손의 왕도는 많이 죽여보는 것

　우리 가게를 찾은 손님들은 정원이나 실내의 식물을 보고 관리를 참 잘했다, 어떻게 이리 잘 키우냐 등의 칭찬을 할 때가 많습니다. 막 물을 줬거나 제가 무슨 바람이 불어 식물들을 다 뒤집으며 정리한 뒤일 겁니다. 운 좋게도 때를 잘 맞춰서 칭찬받은 건데, 솔직히 언제나 '베리 굿 컨디션'은 아닙니다. 슬프게도 저 역시 식물을 많이 죽이곤 합니다. 식물을 잘 키우는 왕도는 많이 죽여보는 것, 이 방법이 최선입니다.

　제가 식물을 키우며 떠나보낸 경험도 부지기수지만, 여전히 현재 진행형이기도 하니 정보 공유 차원에서 소개해봅니다.

　가장 슬픈 이야기의 주인공은 잉글리시라벤더입니다. 어느 항공사의 광고 사진처럼 라벤더가 끝없이 펼쳐진 정원을 만들고 싶은 마음에 잉글리시라벤더를 한꺼번에 2000주나 플러그 작업을 한 적이 있습니다. 제주에 내려온 지 얼마 안 된 때라 하우스도 없었는데, 뭐가 그리 마음이 급해서 그런 대작업을 시작했는지…. 그래도 처음 몇 주는 굉장히 잘 자랐습니다. '이야, 이거 별거 아니구나! 역시 나는 그린핑거가 맞나 봐.' 하며 한동안 어깨가 으쓱으쓱했어요. 파릇파릇 잘 자라는 잉글리시라벤더에 물을 주고 있자면 세상 그 누구보다 부자가 된 듯했는데…. 사실은 그해에 무시무시하게 많은 비가 쏟아졌습니다. 하늘에 구멍이 뚫렸다는 표현이 딱 맞을 법한 비였는데 심지어 보름 내내 오는 겁니다. 파릇파릇하게, 내 어깨를 으쓱으쓱하게 해주던 라벤더 모종이 그 긴긴 비에 녹아내리기 시작했습니다. 하우스라도 있었으면 비를 피했을 텐데, 뚫린 하늘에서 내리는 비를 온전히 몸으로 받아낸 라벤더는 비가 그칠 즈음 반타작이 되었고, 나머지는 긴 비로 엄청나게 개체수가 늘어난 달팽이의 밥이 되어버렸다는 슬픈 결말입니다. 라벤더 2000주를 모두 죽이고 나서야 하우스의 필요성을 새삼 깨달았고, 달팽이 죽이는 약은 없다는 사실도 알았답니다.

두 번째, 최고로 열 받는 이야기의 주인공은 스티파입니다. 지난해 신랑에게 정원의 스티파밭에 비료 좀 주라고 한 뒤 얼마 지나서 가보니, 세상에… 한편에 쌓여 있던 비료 포대를 죄다 뜯어서 뿌린 게 아닙니까. 한두 포대면 충분한 양인데 열 포대는 되는 양을 다 쏟아부은 겁니다. 그걸 보고 고래고래 소리지르며 난리를 쳤지만, 비료는 이미 엎질러진 상태이고 스티파는 약해를 입은 채 시들시들

타기 시작하더군요. 스프링클러를 밤새도록 돌려서 아주 조금 건지긴 했지만 비료에 타버린 스티파처럼 제 마음도 이미 다 타버렸습니다. 비료 뿌리라고 했더니 왜 거기 있는 비료를 다 뿌려버리냐고요. 제가 막 뭐라고 했더니 "나도 좀 이상하긴 했는데 니가 거기 있는 비료 뿌리라고 하지 않았냐?"라며 나는 모르오, 합니다. 이분이 바로 제 신랑님입니다.

이외에도 망한 이야기는 어마어마합니다. 얼마 전에도 추운 날씨를 무시한 채 온실 보조 난방을 안 틀었다가 하루 만에 바이올렛 수십 주를 얼려 죽였어요. 마당의 큰 벚나무는 언제나 딱정벌레와 굼벵이 때문에 죽이니 살리니 하고, 올해는 꼴 보기 싫어 파버린다는 협박도 해보지만 상태는 좋아지지 않습니다. 또 예쁘다, 예쁘다, 해 온 샤스타데이지는 과번식을 해서 항상 다른 식물들을 죽이고, 돈 쏟아부은 게 몇 백만 원은 될 다알리아 역시 항상 망하고 맙니다. 이런 경험들이 쌓이고 쌓여 지금의 제가 되었을 테니 하나도 버릴 경험은 없겠지만, 사실 조금 무섭긴 합니다. 식물에게 영혼이 있다면 제가 죽어 천국 갔을 때 줄 서서 이를 갈며 기다리는 건 아닐까 싶어서요.

식물을 죽인 경험이 쌓여 지금의 저를 만든 귀한 거름이 되었지만, 적당히 실패한 역사는 잊어버리기도 해서 계속 재도전을 할 수 있기도 합니다. 자랑은 아니지만 저는 기억력이 굉장히 좋은 편입니다. 정확히 말하면 '좋았던' 과거형이 맞겠지요. 요샌 자꾸 기억력도 나빠지고 순간순간 내가 지금 뭐 하려고 했지, 하는 순간이 많아지면서 가끔은 늙었다는 게 속상하기도 하고 억울하기도 합니다. 그런데 적당히 잊어버리는 것들이 있으니, 식물을 죽였다고 해서 '나는 정말 안 되나 봐!'가 아니라 '내가 언제 죽였지?' 하는 겁니다. 그렇게 적당히 잊어버리고 또다시 식물 키우기를 이어가니 참 다행인 것 같습니다.

사실 과거라는 게 뭐든지 다 아름답고 추억으로 남길 만한 것은 아닙니다. 지금의 저는 다른 이들이 보기에 가족들의 전폭적인 지원으로 좋아하는 일을 하고 아름다운 정원에서 꽃을 키우며 사는 사람이지만, 이렇게 되기까지 얼마나 많은 고생을 했겠어요. 눈물 질질 흘린 기억도 있고 다시는 이런 거 안 한다고 이를 부득부득 갈던 때도 있겠지만, 또 그걸 적당히 잊어버린 채 다시 호미 들고 정원으로 나가는 겁니다. 태풍이 와서 정원이 엉망이 되어도 언제 그랬냐는 듯 까맣게 잊어버리고 다시 정원 일을 하죠. 지난번에 죽인 식물인데 또 잊고 재도전하는 데는 '적당한 기억력'이 도움이 된답니다.

Tip

가드닝 노트를 만들거나 저처럼 SNS를 꾸준히 해보세요. 작년 이맘때 했던 작업이라든가 꽃이 피는 시기 등을 꾸준히 기록하면 해마다 반복하는 실수를 줄여갈 수 있습니다.

나 같은 식물, 너 같은 식물

　사진의 식물은 아디안텀입니다. 식물을 처음 접하는 분들의 눈길을 사로잡을 만큼 섬세한 녀석이에요. 특히 새로운 잎이 올라올 때 창가에서 아침 햇살을 받으면 작은 잎이 섬세하게 살랑거려서 예뻐 보여요. 모두가 한번쯤은 키워봤을 법하지만 모두가 한번쯤은 죽여봤을 법한 무시무시한 녀석이기도 합니다. 사실 키우긴 어렵지 않아요. 물을 좋아하는 편이고 실내 음지에서도 잘 자라는 녀석이라 편하게 키울 수 있는데 문제는 참을성이 없어도 너무 없다는 겁니다. 물을 좋아하더라도 참을성이 있어서 목마름을 잘 견디는 녀석이 있는가 하면, 조금이라도 목이 마른 걸 참지 못해서 아, 나는 주인을 잘못 만났어, 라고 온몸으로 불만을 표출하며 자살하고 마는 녀석이 있는데 아디안텀이 그런 축입니다. 그래서 아디안텀을 고르는 손님들에겐 우선 라이프스타일을 물어봐요. 혹시라도 여행을 잘 다니는지, 혹시라도 직장 때문에 장기간 집을 비우는지요. 이런 분들은 아무리 아디안텀이 예쁘고 아름답고 키우고 싶다 해도 참으로라고 말립니다. 이런 녀석은 식물과 함께 있는 시간이 절대적으로 많고 자꾸 물 주는 걸 좋아하는 분들이 가져가야 아름답게 잘 키울 수 있어요. 집을 비우는 시간이 많아 물을 꾸준히 줄 수 없으면 키우기 힘듭니다. 예쁘고 좋은 식물이지만 그냥 나와는 맞지 않는 거예요. 그런 식물들만 골라서 키우기 시작하면 식물은 자꾸 죽어나가고 아! 나는 식물이랑 안 맞나 보다, 나는 식물을 자꾸 죽이는 저승사자인가 보다, 하는 거죠.

저조차 그렇게 합이 맞지 않는 식물이 있어요. 물을 시원시원하게 주지 못하는 다육이나 선인장이 그런 경우죠. 시원시원하게 물을 팍팍 주고 싶은데 병아리 오줌만큼 찔끔찔끔 줘야 하고 햇빛에 따라 화분 위치를 바꿔줘야 고운 색으로 물드는 녀석의 경우, 저처럼 키우는 식물의 종류가 많은 사람은 언제 물을 줬는지 기억을 못해서 준 녀석 또 주고, 돌아서서 또 주다가 죽이는 일이 많은 게 다육이랍니다.

사람 관계도 마찬가지여서 누군가에겐 맞는 사람, 좋은 사람이지만 나와는 맞지 않은 사람일 수도 있어요. 맞는 사람만 가까이하고 맞지 않은 사람은 멀리하고 살면 참 스트레스 없이 잘 살 텐데 쉬운 일이 아닐 거예요. 사회생활을 하다 보면 나랑은 안 맞는 사람하고 일해야 하는 상황이 많아지니까요. 그런데 요새 느끼는 것이요, 어쩔 수 없이 만남을 유지하는 관계도 있지만, 그저 내 욕심에 맞지 않는 관계를 유지하며 스트레스받는 일도 있다는 사실입니다. 너와 나는 맞지 않으니 너와 나의 인연은 여기까지! 이러면 되는데 그게 참 쉽지만은 않아요. 아디안텀이 나와 맞지 않는 식물인데도 매번 사고 또 매번 죽이면서 스트레스받는 상황을 반복하는 거죠. 엄하게 죽이는 것이 싫으면 아예 키우지 않으면 될 텐데. 사람 관계도 맞지 않는 걸 고쳐보겠다고 질질 끌다가 에너지 다 쓰고 관계도 더 나빠지는 경우가 많다는 거죠. 결국은 제 욕심인 것 같아요. 맞출 수 없는 걸 알면서도 손에 쥐고 스트레스를 받는 것은 이제 하지 말아야겠어요. 누가 그러더라고요. 적당히 놔주는 것, 그게 필요한 시점이라고요. 제겐 그게 필요한 것 같아요.

Tip
⋮
많이들 좋아하지만 참을성 없기로 소문난 식물을 꼽자면 아디안텀 외에 트리안, 푸미라 등 실내 관엽식물과 요즘 유행하는 소포라, 코로키아, 호주매화, 보로니아 등 호주원산 식물이 있습니다. 정원에 심거나 오버사이즈 화분에 심으면 잘 자라고 관리하기도 쉬운데, 섬세한 아름다움에 반해서 작은 사이즈 화분에 심어놓고 인테리어용으로 키우다 보니 많이들 실수하고 죽이기도 합니다.

보이지 않아도 소중한 기다림의 시간

가을 날씨가 제법 쌀쌀해지면서 햇빛이 온실 깊은 곳까지 들어오니, 베고니아가 꽃망울을 터뜨립니다. 보통 식물은 온도가 떨어지면 물 주는 양을 줄여야 하지만, 마지막 힘을 짜내 꽃을 마구 피워내는 녀석들에게는 더 힘내라고 신경을 많이 쓰는 편입니다. 특히 구근류인 베고니아는 꽃이 지면 겨우내 잠들기 때문에 더 크게 신경 써야 합니다.

구근류는 활동하지 않는 기간에 잠을 잡니다. 흙 위로 솟아오른 가지와 잎이 다 말라버려 죽은 것처럼 보이지만, 땅속에서 잠을 자며 다음 해를 위해 힘을 모으는 것입니다. 정원에 심은 구근은 잠자는 시기에 다른 녀석들이 대신 꽃을 피우니 큰 문제가 없지만, 실내 화분에서 자라는 구근류는 상황이 조금 다릅니다. 빈 화분 같아서 주인조차도 잊고 물을 주지 않아 구근이 말라 죽는 경우가 많습니다. 이들도 양이 준다 뿐이지 수분은 조금씩 섭취해야 합니다. 하지만 아웃 오브 사이트 아웃 오브 마인드라고 작은 잎사귀조차 보이지 않으니 가드닝 초보는 물 주기를 잊어서 쉽게 죽이고 맙니다. 이처럼 꽃이 활짝 피는 녀석들에게 장하다 예쁘다 하며 물을 주는 마음 한편엔 저 자신에게 하는 칭찬도 섞여 있답니다. 예쁘지 않을 때도, 아무것도 보이지 않을 때도 잊지 않고 물을 준 자신에 대한 칭찬입니다. 이런 마음은 사람도 마찬가질 텐데, 우리 집 남자들은 정으로 관심 갖고 봐주는 마음조차 없어 보입니다.

언젠가 집을 정리하고 저녁을 준비해서 밥을 먹는데 신랑이 "얼굴에 페인트 묻었다." 하는 겁니다. 얼굴을 쳐다보지도 않고 자기 입에 밥을 퍼넣으면서 말이죠. 화장실로 뛰어들어가 거울을 봤더니, 세상에, 얼굴에 대각선으로 엄청나게 큰 페인트칠이 된 겁니다. 낮에 잠시 페인트칠할 때 묻었을 텐데, 제 얼굴 꼴의 황당함보다는 집에 들어와서도 한참 지난 저녁 시간이 되어서야 얼굴에 페인트 묻었다고 말하는 사람이 더 황당한 거죠(마누라 얼굴을 몇 시간 동안 쳐다보지도 않았다는 것 아닙니까). 밥 먹는 아들들에게 왜 말하지 않았냐고 했더니 이런 쿨한 대답이 돌아옵니다.

"그걸 모르는 엄마가 더 이상한 거야."

"엄마가 아는 줄 알았지."

나는 식물이 예쁘지 않을 때도 잊지 않고 가꿔주고 물 주고 눈

인사 나눠주는데. 누군 뭐 자기가 백년 천년 총각 때처럼 멋있어 보이는 줄, 좋아 보이는 줄 아냐고요. 그래서 아침에 머리 빗어라 옷 갈아입어라 잔소리하면서 챙겨주는 줄 아냐고요.

그러니 무심하기 그지없는 남자 식구들 대신 꽃들만 예뻐하는 거라고요. 베고니아 물 주다가 옛날 일이 떠올라 급, 화딱지가 났다는 이야기입니다.

Tip

구근류는 구근을 식재하는 시기에 따라 춘식 구근과 추식 구근으로 나뉩니다. 꽃이 지고 나서 잎까지 지면 보통은 캐내서 소독한 뒤 냉암소에 보관하는데 환경을 조절할 수 있으면(화분 식재 등으로 이동이 가능하다면) 꼭 캐내서 보관할 필요는 없습니다. 오히려 화분에 식재하여 잠자는 동안 적당한 환경에서 보관할 수 있다면 잠자는 시기에 훨씬 크게 구근을 불릴 수 있습니다.

'그럼에도 불구하고'

　실내에서 꽃피우는 식물들이 여름내 고온에 시들거리다가 시원한 공기가 도는 가을이 되면 기지개를 폅니다. 보통 온실식물이라고 하는 녀석들인데 제라늄, 베고니아, 아프리칸바이올렛, 후크시아 등이 대표적입니다. 고온다습한 환경을 매우 싫어하고 일정 온도 이상인 약간의 건조함에 반응하는 식물들이라 여름엔 시들시들 힘들어하다가 가을이 되면 정신 차리고 꽃을 피우는 스타일입니다(개화 조건은 조금씩 다릅니다).

　이런 식물들은 겨울엔 실내에 들여서 난방을 따로 해 온도를 올리고 햇빛 잘 드는 창가에서 요리조리 얼굴을 틀어가며 키워야 합니다. 그래서 옛날 어른들은 부잣집 꽃이라 했던 녀석들인데, 저는 해가 듬뿍 드는 온실이 있고 겨울이 따뜻한 제주라서 많이 키우는 편입니다. 덕분에 우리 송당나무는 정원에 꽃이 만발한 계절이 아닌 춥고 쓸쓸한 겨울에도 실내엔 꽃이 만발합니다. 물론 잎에 관상의 가치가 있는 관엽식물보다는 훨씬 손과 정성이 가고 시간 투자를 해야 하지만 섬세하고 아름다운 자태에 반해 정원식물만큼이나 좋아합니다.

겨울엔 이런 녀석들이 몸을 불리고 꽃을 피워대서 온실이 터질 지경이라 손님들은 안 그래도 앉을 자리 좁은 곳에서 겨우 엉덩이 붙인 채 식물들 사이에 찻잔을 놓고 대화하지만, 송당나무를 찾는 분들이라면 이런 불편조차 좋아한다고 생각합니다.

사람 관계도 그런 것 같습니다. 맺기 쉽고 그만큼 끊기도 쉬운 사이가 있지만, 서로 맞는 게 많지 않아도 상대에 대한 애정을 바탕으로 다름을 인정하고 그조차도 좋아서 맺는 관계가 진정한 것이겠지요. 그럼에도 불구하고. 아마 노래 제목이던가요, 제가 정말 좋아하는 단어인데 키우기 힘들어도, 찾아오기 힘들어도, 불편해도… 그럴 만한 가치가 있는 사람, 공간이 되고 싶습니다.

Tip

온실에서 꽃을 피우는 식물은 관리가 까다롭지만 일정한 조건을 유지해주면 1년 내내 꽃을 피울 수 있다는 장점도 있습니다. 보통은 실내 온도 25도에 하루에 여섯 시간 정도 해가 들어오는 동남쪽 창가에 두고 약간 건조한 듯이 물을 주면 됩니다.

할머니의 꽃

　누구나 추억으로 간직한 꽃이 하나쯤 있을 겁니다. 첫사랑에게 받은 프리지아 같은 것인데, 제 추억의 꽃은 피튜니아입니다. 낭만과는 거리가 멀었던 외할머니가 떠오르는 꽃이죠.

　엄마가 교직 생활을 해서 저는 할머니 손에 컸습니다. 그런데 할머니는 내 새끼 오냐오냐, 하는 다정한 성격이 아니셨고 결혼 전까지 할머니와 같은 방을 썼지만 매우 좋지도 나쁘지도 않은 관계로 지냈죠. 할머니가 낭만과 담쌓은 것은 아마도 당신 인생이 너무 힘들었기 때문이겠지만, 그런 무덤덤한 할머니가 봄이 되면 동네 화원에서 피튜니아 모종을 사다 마당에 심으셨어요. 피튜니아는 촌스럽고 저렴한 이미지였기에 사피니아 계랑 종들이 나타나면서 오히려 구하기 힘든 품종이 되었습니다. 하고많은 꽃 중에 왜 피튜니아냐고 바락바락 대들던 못난 외손녀였지만, 제가 정원을 만들고부터는 할머니 생각에 항상 피튜니아를 심고 있습니다.

할머니와 관련된 또 하나의 식물은 토란입니다. 일반 토란은 정원 식물로는 잘 쓰지 않아요. 무늬 품종 토란이나 식물 수집하는 분들 사이에서 비싼 값에 거래될 뿐 정원을 꾸미는 용도로는 잘 안 씁니다. 그저 먹을 것이 없던 시절 뒷마당에 심어놓고 줄기는 말려뒀다가 나물로 먹고 뿌리는 뽀얀 고깃국에 넣어 먹었지요. 추석 즈음이면 외할머니가 저를 위해 곱창이랑 양지, 대창 같은 거 넣고 국물 내서 토란국을 끓여주셨어요. 그 특유의 식감 때문에 식구들 모두 싫어했는데 저만 유독 토란국을 좋아해서 할머니가 "저년 때문에 또 토란 샀다." 투덜대면서도 꼭 끓여주신 게 토란국이에요.

우리 정원 한쪽에도 토란이 있어요. 겨울이 되면 보기 싫게 시들어버리지만 여름 내내 시원시원한 잎사귀로 이국적인 모습도 보여주고 외할머니 생각도 듬뿍 나게 해주며 제 정원을 지키고 있습니다. 번식도 어쩌나 잘하는지 일부 캐 먹어도 다음 해에 또 그만큼 자라납니다. 언제나 제 마음에 살아 계시는 외할머니처럼 제 정원을 지켜주는 토란입니다.

올해도 피튜니아는 제 정원에서 방긋방긋 웃을 것이고, 가을에는 곱창 넣은 토란국도 끓여 먹을 생각입니다.

젊음이라는 행복

　가을에서 겨울로 넘어가는 시기가 되면 월동이 되지 않는 녀석들을 채비해서 온실로 들입니다. 제주 송당리는 월동 온도가 0도인데 그늘지지 않는 곳은 땅이 얼지 않기 때문입니다. 그래서 수도관을 외부로 노출해 건물 공사를 하는 경우도 많고 보일러의 외출 기능도 필요 없습니다. 덕분에 육지에서 꿈도 못 꾸는 식물들이 밖에서 겨울을 납니다. 제 경험상 보스턴고사리, 접란, 부겐베리아 같은 열대식물 모두 월동이 되지만 매우 좋은 상태는 아닙니다. 뿌리만 적당히 살아 있는 상태로 겨울을 나기 때문에 상품성(관상 가치)을 고려한다면 실내로 들여야 합니다. 실내에서 겨울을 나려면 분갈이와 잎 제거, 영양제 투입 등 할 일이 많습니다. 스태프 친구와 여름내 커버린 식물들을 큰 분으로 옮기는 동안 우리 식물들에 대해 하나하나 평가해보면서 역시 식물도 어릴 때가 예쁘다는 이야기를 나눴습니다. 어쩔 수 없는 진리겠지만 식물조차도 어린 모습이 예쁜 건 사실입니다.

    어린 강아지나 고양이를 키우며 더 이상 자라지 말았으면 하는 사람도 있죠. 저도 안 어울리게 알록달록 머리 색을 바꾸기도 하고 정신만은 젊게 산다고 아이돌 이름을 몇 번이나 적어가며 외우기도 합니다. 사람도 젊은 게 예쁘고 동물도 뽀송뽀송 짧은 다리로 아장아장 걷는 모습이 훨씬 예쁜 게 사실이에요. 한때는 저도 예쁘고 반짝반짝했을 테고 우리 아저씨도 남성 호르몬 뿜뿜 뿜어대는 멋진 청년이었을 텐데, 지금 둘 다 전기장판 안 켜면 잠도 못 자는 늙은 몸이 되었으니 서러운 마음이 듭니다. 40줄을 한참 넘겨 거울 보기도 슬픈 나이에 늙어버린 식물들 분갈이하면서 신세타령을 하는 매일입니다.

금목서와 은목서

가을부터 초겨울까지는 금목서의 계절로, 황홀한 향기와 함께 앙증맞은 노란 꽃을 피우는 금목서는 이 계절 최상의 정원수라고 할 수 있습니다. 한편으로 저희가 땅을 사고나서 제일 먼저 심은 나무이기도 합니다. 건물도 짓기 전에 심었으니 말이에요. 지금은 건물 뒤쪽에 가식해놓았는데 집을 지으면 그쪽으로 옮길 예정이에요.

일본에서는 아들을 낳으면 금목서, 딸을 낳으면 은목서를 심는다는데, 그 계산으로 치면 저는 금목서 부자여야 하지만 다음 생의 소원을 담뿍 담아 금목서, 은목서를 한 그루씩 나란히 심었답니다. 그런데 이식한 뒤로 한 번도 꽃이 피질 않더라고요. 언젠가는 피겠지 기다리기만 했는데 올해 드디어 금목서가 활짝 피었답니다.

재미있는 것이요. 며칠 전부터 공기 중에 섬유유연제 냄새가 막 나는 거예요. 가뜩이나 비 때문에 꽃들이 다 작살이 나서 꽃 향기는커녕 풀냄새도 안나는 판인데 자꾸 좋은 향기는 나고 그래서 샤

넬의 향수 재료로 쓰인다는 딱 한 송이 핀 튜베로즈 때문인가 하고 튜베로즈 꽃에 코끝을 대기도 했는데 향기가 다르더군요. 그래서 다시 이 꽃 저 꽃 코끝을 대보다가 얼마 전 옆 밭에 드론 헬기로 농약을 뿌렸던 게 떠올라 '요샌 농약들은 향도 좋게 나오나? 잘 만들었네' 했다니까요. 농약 때문이든 뭐든 향기 좋으면 됐지 했는데 오늘 나무를 보니 글쎄 금목서가 활짝 핀 거예요. 금목서 향을 농약 냄새로 착각했으니 금목서한테는 엄청나게 자존심 상하는 이야기일 겁니다.

은목서 향은 약간 더 콕 찌르는 향이고 금목서는 더 달큼한 향인데 둘 다 좋기는 정말 좋아요. 남부수종이라 육지에선 꿈도 못 꾸고 제주에 내려오면 꼭 심으리라 했던 나무들이라 심고 나서도 금이야 옥이야 했어요. 그래서 몇 년 동안 꽃을 피우지 않아 속상했는데, 오늘 너무 큰 선물을 받은 듯이 꽃을 피워줘 정말 고마웠습니다.

그렇게 기분 좋은 하루였습니다만… 고양이 먼지가 또 뱀을 잡아왔어요. 신랑은 다른 일로 가게를 비운 데다가 잡아온 뱀을 먼지가 잔디밭 앞에서 놓쳐버렸지 뭐예요. 그리하여 금목서건 은목서건 어떤 향도 못 들어오게 문을 꼭꼭 닫아버렸다는 슬픈 결론입니다. 내일은 뱀 쫓아내는 약이나 쳐대야겠습니다.

꽃 한 송이도 귀하고 감사합니다

　추위가 계속되는 겨울이면 예전 서울 꽃집 시절의 꽃 사진을 들여다보며 지내는 게 일상입니다. 웨딩 같은 큰 행사를 진행하면서 꽃을 넘쳐나게 쌓아놓고 작업한 사진을 보면 언제나 가슴이 두근거립니다. 송당나무에서는 특별한 행사가 없는 한 꽃꽂이용 절화를 가져다놓지 못하지만, 서울에서는 가게에 발 디딜 틈이 없을 정도로 꽃을 들여놓았습니다. 꽃이 풀리는 월, 수, 금요일뿐 아니라 매일들를 정도로 도매 꽃시장을 자주 찾아서 손님들에게도 '꽃 구경하는 재미가 있는 가게'로 평판이 날 정도였죠.

　제주 시골에서 장사하다 보니 꽃꽂이용 절화는 구색을 맞추는 정도로, 그마저도 팔겠다는 생각 대신 내가 보고 즐기자는 마음으로 두었습니다. 살아 있는 식물 위주의 플랜트 숍으로 운영하면서 작은 꽃 한 송이가 어쩌나 귀한지 모릅니다. 여름엔 정원에서 꽃을 한가득 꺾어다 가게 여기저기에 꽂아두지만, 꽃이 흔하지 않은 겨울에는 조금 올라온 제라늄 꽃대 하나가 어쩌나 귀한지 매일 묵은 잎을 떼고 물을 주고 방향도 바꿔가며 순도 쳐주고 있답니다.

정원에서 많은 꽃을 키우면 쉽게 잘라 풍성한 꽃놀이를 즐기는 줄 알겠지만 현실은 그렇지 않습니다. 절화용으로 키우는 식물은 같은 종류라 해도 꽃의 길이가 기다란, 조금은 특별한 품종인 반면 노지에서 키우는 꽃은 바람이나 비의 영향으로 꽃목이 굽은 형태로 자라기 때문에 꽃꽂이에 적합하지 않습니다. 절화용 꽃은 시설을 갖춘 하우스에서 특별한 방법으로 재배하는 것이지요.

가끔 육지에 있는 플로리스트들이 꽃꽂이 수업을 하고 싶다고, 비용을 낼 테니 장소를 제공해달라고 합니다. 특별한 인연을 맺은 적도 없이 무턱대고 이런 요청을 하는 (선생님이라는) 분들은 꽃을 피우기까지 얼마나 큰 노력을 들여야 하는지 전혀 모르고 그런 요청을 하는 것이겠지요. 저 역시 초보 플로리스트 시절에는 그런 실수를 했을지도 모르겠어요. 더 많이 공부하고 경험하기 위해 무작정 몸으로 부딪히는 꽃농사를 시작했고, 그만큼 계절마다 실패도 많아 꽃얼굴에 인사하기도 전에 작별하는 일이 훨씬 잦았습니다. 이런 시간을 몇 년 겪었더니 이제는 꽃 한 송이 한 송이가 너무 귀하게만 느껴집니다. 서울에서는 꽃얼굴에 조금이라도 상처가 나면 고민 없이 쓰레기통에 휙 던져버린 적도 있지만, 한 송이 꽃을 피우기 위해 얼마나 큰 노력과 시간이 필요한지 깨달은 식물학도로서 무척이나 중요한 체험을 한 셈입니다. 이제는 꽃이 활짝 피는 봄을 목마르게 기다리고, 그 봄을 기다리는 시간의 소중함까지 더욱 절실히 느끼며 삽니다.

뭐든 편하고 쉽게 구할 수 있는 도시 생활보다 힘들고 쉽게 구하지 못하는 시골 생활에서 더 많이 배우고, 아끼고, 삶의 소중함을 느끼며 살아갑니다. 물론 꽃은 가족만큼이나 소중하고요. 때로는 배달 치킨이나 피자, 족발 같은 음식에 대한 소중함도 느껴봅니다.

Tip
⋮
정원에 심어두고 절화용으로 잘라 쓰기에 좋은 식물은 설유화, 부들레이아, 톱풀, 백일홍, 천일홍, 맨드라미, 스위트피, 코레옵시스 등이 있습니다.

제주를 꿈꾸게 한 꽃, 금잔옥대

제주의 겨울은 수선화의 계절입니다. 제주 곳곳에 '금잔옥대'라는 제주 토종 수선화가 핍니다. 서울에서 플로리스트로 일할 때 손님이 "가장 향이 좋은 꽃이 뭔가요?"라고 물어보면 항상 이 제주 수선화를 첫 번째나 두 번째로 꼽았습니다. 제게는 봄을 알리는 꽃, 향만 맡아도 기분을 좋게 만들어주는 마법 같은 꽃이기 때문이지요. 신랑도 제 기분이 좋지 않을 때면 꽃시장에 들러 사다주곤 했답니다. 그래서 제주로 이주한 뒤 정원에 심으려고 찾아다녔는데 의외로 중산간엔 많이 없고 남서쪽 해안가 동네에나 좀 있는, 생각보다 흔하지 않은 식물이었습니다. 이주 첫해에 동네 할머니들께 꽃 사진을 보여드리며 여러 번 여쭤보았는데 고사리 꺾으러 사방팔방 돌아다녔다는 할머니들도 다들 처음 본다고 하시더군요. 알고 보니 할머니들이 먹을 수 없는 식물은 기억할 필요 없는 잡풀 정도로 여기신 탓이었습니다. 당신들께 먹지 못하는 식물을 일부러 키운다는 건 상상도 못 할 일이었던 거죠.

　한편 제주 수선화 하면 많은 분이 추사 김정희를 생각하는데, 추사 유배지이자 기념관이 있는 동네인 대정 쪽에는 수선화가 많지만 제가 사는 구좌 쪽에는 많지 않습니다. 게다가 먹지도 못하지요, 의외로 잎사귀도 지저분하게(마치 귀신머리처럼) 나기 때문에 꽃이 섬세히 드러나지 않기에 동네 어른들은 당연히 잘 모르실 수밖에요. 결국 이주 초기에 신랑과 사방팔방 돌아다닌 끝에 어쩌어찌 조금 구해 마당에 심었는데, 바람으로 인해 좋은 향은 공중에서 없어지고 잎사귀는 바람에 모두 꺾였습니다. 게다가 일조량이 부족한 중산간의 수선화는 잎이 더 길어 정말 '미친 여자 머리'가 되더라고요. 덕분에 이제는 송당나무 정원에도 '매우 조금' 남았습니다. 그래도 봄이 되면 하우스에서 재배한 것이든 마당에 핀 것이든 조금 잘라 화병에 꽂아두면 며칠 동안은 행복한 기운이 공간 가득 퍼진답니다.

　금잔옥대는 제가 제주의 꿈을 꾸던 시절에 제주 귀촌의 희망과 꿈을 준 꽃입니다. 서울에서 꽃 일을 하며 '언젠가 이 꽃을 내 마당 가득 키우리라' 생각한, 그런 꽃입니다. 현재 송당나무 정원의 금잔옥대는 미친 여자 머리처럼 '산발의 꽃'이 되어 뒷방 신세가 되었지만 말입니다.

오늘도 도 닦는 마음으로

　나이 들면서 점점 더 심해진다고 느끼는 성향 중 하나는 '모든 일에 중간이란 없다'는 것입니다. 연륜 덕에 판단력이 좋아져 이겁니다, 하고 정답을 내는 게 아니라 감정적인 것들조차 좋고 싫음이 극명해지는 것이죠. 일이든 감정이든 중간 없는 성격을 마음에 들어 하지만, 생각해보면 정말 피곤한 성격이지 싶습니다.

　살면서 어떻게 다 좋은 것만 곁에 두고 좋은 상황만 맞이할 수 있을까요. 좋지 않을 수도 있고 그냥저냥인 일도 있을 텐데, 간혹 싫은 사람을 만나거나 괴로운 상황이 되면 그 적당히가 되지 않아 스트레스가 마구 치솟는 거예요. 항상 그러려니 하면서 자신에게 마법 같은 주문을 걸어왔는데, 그 주문을 자꾸 외운다는 건 그래야 할 상황도 많아졌다는 의미겠죠. 어떤 상황과 사람을 극도로 싫어하는 성격이 좋기도 하고 싫기도 해서 고민하던 차에 어느 날 교회 할머니께 여쭤봤습니다. 이러저러한 성격 탓에 스트레스를 많이 받으며 산다고요. 그랬더니 "나이 먹으면 그런 일들 다 흥, 하고 넘길 것 같지? 오히려 살 날이 얼마 없다 생각하니 더 심해져. 그래서 별것 아닌 걸 가지고 매일 할머니들끼리 싸우는 거야." 하시더라고요. 결국 저는 도를 닦지 않으면 앞으로 더 힘들어질 것으로 예상됩니다.

식물을 키우다 보면 자연 앞에서 사람이 해줄 수 있는 건 한계가 있고 아무리 노력해도 안 되는 일들이 있으니 적당히 포기하는 법을 배울 만도 한데 아직까지는 부족합니다. 잡초 같은 녀석도 있고 금이야 옥이야 해도 금방 죽어버리는 녀석도 있어서 항상 최선을 다해 식물을 키우지만 포기해야 할 때 포기해야 한다는 걸 깨닫습니다. 이렇게 도 닦는 마음으로 매일 정원에 나가면서도 또 아직은 멀었다는 사실을 인정합니다. 힘든 환경에서 식물을 키우며 적당히 포기하는 법을 배우고 마음을 많이 다스린 결과가 현재의 모습이니, 그마저 하지 않았으면 정말 큰일날 뻔했습니다. 중간 없는 성격에 스스로 스트레스를 받는 나라는 존재야말로 죽을 때까지 식물을 키우며 수행해야 할 운명임을 깨닫는 시간입니다.

Tip

⋮

환경을 생각하세요. 어쩔 수 없이 식물을 포기해야 하는 건 대부분 환경이 맞지 않은 경우입니다. 내가 잘못해서가 아니라 그저 환경이 맞지 않아 죽었다고 생각하면 조금은 낫지 않을까요?

좋아하는 일을 하며 먹고사는 법

6년 전 '가드닝센터'라는 이름으로 플라워 숍과 카페를 열었을 때는 다들 부정적인 조언을 했습니다. 가드닝센터라는 단어 자체도 익숙하지 않았지만 이곳에 한 번이라도 와본 분들은 저를 정말 이상하게 생각했습니다. 송당리 삼촌들도 잘 모르는 좁은 농로를 지나서 들어가야 하는 외진 곳이었으니까요.

제주는 한겨울에도 마당에서 상추를 키워 먹을 만큼 따뜻하지만 육지와 달리 뭐든 한참 늦는 곳입니다. 제 또래 마을 친구는 중학생 때 집에 수도가 들어왔다는 이야기를 하더라고요. 어린 시절 오름에서 지네를 잡아다 약재상에 팔아서 용돈벌이를 했다니, 부모님 세대의 이야기를 동년배 친구가 하는 곳이 제주 송당리더라고요. 물론 지금은 편의점이 네 개나 있는 반짝반짝 멋진 마을이지만 예전엔 그랬습니다. 그렇게 발전이 더딘 곳이라 제가 당근밭을 일궈 꽃을 심기 시작했을 때, 동네 삼촌들이 먹지도 못하는 거 뭐

저리 심냐, 여기 송당은 해가 짧아서 꽃이 안 핀다, 팔자 좋다, 미쳤다 등 별별 소리를 다 하셨습니다. 그래서 초창기엔 손님층을 이주민과 관광객 위주로 잡았지요. 제가 내려올 즈음부터 제주가 핫한 귀촌지가 되어 많은 분이 이주하기 시작했고, 펜션과 카페, 식당 등 멋지고 쿨 한 공간이 많이 들어섰고, 제주에 세컨드하우스를 지어 육지의 겨울 시즌에 내려와 머무르는 사람도 많아졌습니다. 관광객은 언제나 붐비고요.

요즘은 시내의 제주 사람들 혹은 마을 근처의 어른들도 자녀들이 놀러 오면 손주들 데리고 우리 동네에 이런 곳이 있다고 자랑하듯이 와서 몇 시간이고 꽃구경을 하다 수줍게 꽃모종을 한두 개 사 가시곤 해요. 마당에 심어보겠다고요. 제가 이주했을 당시만 해도 제주도민의 집과 이주민의 집을 구분하는 가장 큰 차이가 잔디밭의 유무였어요. 평생 농사를 지어오신 어른들의 집은 풀 한 포기 없는 콘크리트 마당이었는데 오새 다시 짓는 농가 주택을 보면 한 귀퉁이에 작게나마 잔디도 심고 꽃도 심고 합니다. '우영팟'이라는 제주 텃밭에 상추, 배추 말고도 꽃을 많이 심더라고요. 먹는 것도 중요하지만 아름다운 것도 중요하다는 것을 깨달은 듯합니다. 집의 형태도 원래 제주 삼촌들은 평지붕집을 지어 옥상에 고사리도 말리고 콩, 메밀 등도 말리는데, 이주민들은 귀염깜찍한 맛배지붕이나 삼각지붕으로 제주 풍경에 잘 어울리는 집을 선호했죠. 하지만 이제는 지붕 모양만으로는 제주도민과 이주민의 집을 구분하지 못하는 상황이 되었어요. 자연 풍경의 아름다움을 지키는 것이 얼마나 중요한지 제주 분들도 아셨거든요.

제가 '천지 개벽했다'는 표현을 쓸 정도로 시골 삼촌들의 마인드가 바뀌어가는 데는 미디어와 SNS 그리고 육지나 시내에 사는 자녀들의 영향이 큰 것 같습니다.

"서울 사는 며느리가 TV에 나왔다고, 가보라고 해서 왔어."

"관광객들이 송당나무가 어디 있냐고 하도 물어보기에 도대체 뭐 하는 곳인지 궁금해서 내가 와봤다."

다행히도 제주분들의 마인드가 이렇게 획획 바뀌는 상황이라 처음에는 관광객과 이주민이 손님의 대부분이었지만 요새는 제주 삼촌들도 꽤 많이 들릅니다.

"이웃 마을에 사는 친구가 와서 내가 데려왔어."

"명절에 아들네가 와서 고양이 보여주려고 손주 데리고 왔다."

도시와 시골의 간격이 좁혀지고 세대와 세대 간의 간격도 좁혀지는데 정치나 비즈니스하는 사람들이 이러한 세대 변화에 맞추지 못하고 5년 전 타령을 한다면 늦어도 한참 늦은 겁니다. 스마트폰이 보급되어 완전히 패러다임이 바뀐 것도 5년 남짓 같은데, 그 옛날에는 어찌 살았는지 기억조차 할 수도 없는 걸요. 많이 공부하고 노력해야 할 것 같아요. 우선은 저부터 말이죠.

앞으로 나아가는 삶을 위해

　재작년 대학원 입학이 확정되고 나서 큰아이에게 알려줬더니 제 아빠를 빼닮아 말수도 적은 아이가 "엄마, 공부하는 김에 박사도 하고 교수님도 해요!" 하더군요.

　"엄마는 학교 다닐 때 공부 잘했어"라고 뻥 조금 섞어 말하면 그걸 어찌 믿냐는 식으로 반응하던 아인데, 공부하는 엄마가 된다고 하니 기분이 좋았나 봅니다. 물론 요즘 와서는 논문 때문에 머리 싸매고 우는 걸 보고 "엄마는 왜 돈을 주고 자학을 해요?" 하며 놀리는 상황이 되었지만요.

　저는 진짜 운이 좋아서 20대에 제가 좋아하고 잘하는 걸 확실히 알고 그 일을 직업으로 삼았습니다. 30대엔 너무도 많은 경험을 쌓으며 긴 시간 힘들어하기도 하고 괴로워하기도 했습니다. 40대인 지금은 지난 시간에 비해 일이 수월하게 잘 풀리는 과정인 듯합니다. 물론 인생은 길고 긴 과정이니 '결국은 잘 풀렸다'로 끝날지, '풀린 줄 알았는데 다시 꼬였다'로 이어질지 알 수 없습니다. 풀리건 다시 꼬이건 언젠가는 50대, 60대 그리고 70대가 될 텐데 나이와 상관없이 제 삶의 목표는 '앞으로 나아간다'입니다. 그 앞이란 게 뭔지는 모르겠어요. 직업적인 것일 수도 있고 가족 관계와 사람 관계 혹은 경제나 지식에 관한 부분일 수도 있어요. 그게 무엇이든 지금 당장보다는 나아지도록 노력하면서 살자는 거죠.

예전에 서울에서 제 수업을 들으러 오는 70대 할머니가 계셨습니다. 오랜 시간 이런저런 이야기를 나눴는데, 그 당시의 저는 상당히 힘든 30대를 보내는 중이라 20대로 돌아가 인생을 리셋하고 싶다는 생각뿐이었습니다. 할머니께 저와 같은 생각인지 여쭤봤습니다. 혹시 다시 젊어지고 싶은가 하고요. 그런데 할머니는 "아니, 지금 당장이 너무 좋아"라고 하셨습니다. 저처럼 전문 기술이나 직장을 가져본 적도 없이 은행원 남편 뒷바라지에 애들만 키웠고 지금은 손주들 돌보느라 바쁜 게 할머니 인생이었죠. 그런데 지금이 좋다는 답을 하시기에 처음에는 '뭐지? 자기 위안인가?' 싶기도 했습니다. 하지만 곁에서 쭉 지켜보니 평생 그 무엇을 하면서도 순간에 최선을 다했고 (남편 뒷바라지에서 아이들 건사까지), 그러니 지금은 후회도 없고 과거를 속상해하지도 않는 것이었습니다. 현재의 삶이 좋고 앞으로 남은 삶조차 즐겁게 보낼 수 있을 것 같은 마음을 지닌 분이셨죠.

아마도 그 할머니의 인생 테마는 '앞으로 나아가는 삶'이었을 것 같습니다. 어제의 나보다 오늘의 내가 더 낫고 내일은 더 나아질 수 있도록 앞을 향해 나아가기 때문에 후회나 슬픔도 없고 기대만 남는 삶이 아닐까요. 얼마 전에는 할머니의 따님이 우리 정원을 찾아오셨습니다. 덕분에 목소리를 들었어요. "아직도 지금이 좋으세요?" 하고 여쭤보니 "응, 그럼. 지금이 너무 좋아." 하시더라고요. 여전히 앞으로 나아가시는 중이었습니다.

저도 그렇게 살고 싶어 노력하는 중이고 제 아이들에게도 항상 그렇게 살라고 이야기합니다. 큰아이는 이제 무슨 말인지 이해하지만 작은 녀석은 아직 잘 모르는 것 같아요. 그럼에도 불구하고 그렇게 살려면 우선은 좋아하는 일과 잘하는 일을 찾으라고 말합니다. 그것들을 찾는 과정에서 도움을 주는 게 엄마 아빠의 역할이라고요.

아이들이 어릴 때부터 이런 이야기를 충분히 나눴기 때문에 그 무시무시하다는 중2병도 겪지 않고 친구 같은 부모 자식 관계를 잘 쌓아나간 것 같습니다. 기본적으로는 우리 큰 녀석이 정말 순하디순하고 이런 대화를 나눌 수 있는 집안 분위기도 큰 이유가 되었을 겁니다.

앞으로 나아간다는 것. 물론 그 앞에 자질구레한 수식어가 화려하게 붙기는 합니다. 열심히, 부지런히, 하나님이 보시기에 아름답게…. 그것이 우리 가족의 기본적인 삶의 자세가 될 수 있도록 하루하루 노력하고 있습니다. 그 롤모델을 위한 것 중 하나가 제가 다시 공부하는 것이고요. 공부하라는 백 마디 말보다 저를 보고 실천하는 삶을 살기를 바라는 마음입니다.

제 정원, 송당나무도 그렇게 될 겁니다. 여전히 자연환경을 이기지 못해 죽어나가는 식물이 있을 것이고 제 실수로 망쳐버린 공간도 생길 테지만, 이 또한 호미 던지며 포기해버리고 싶은 순간을 참아 잘 이겨내고자 합니다.

작년보다는 올해가 더 아름답기를, 내년에는 더욱 풍성해지기를 기도하면서 열심히 호미질을 하려고 합니다. 이렇게 매일 정원을 만들어갑니다.

마지막으로 평생 이런 마누라와 함께해주는 밉지만 사랑하는 남편에게 고맙다는 이야기를 하고 싶습니다.

2021년 5월
송당나무 집사, 이선영

사계절, 자연 색에 물들어 살다

요망진 식물집사

초판 1쇄 발행 2021년 6월 7일
지은이 이선영

펴낸곳 책책
펴낸이 선유정
편집인 김윤선
디자인 아트퍼블리케이션 디자인 고흐
교정교열 노경수
사진 이선영, 안웅철, 김기영, 박상준, 이주희

출판등록 2018년 6월 20일 제2018-000060호
주소 (03088) 서울시 종로구 이화장1길 19-6
전화 010-2052-5619
인스타그램 @chaegchaeg
전자주소 chaegchaeg@naver.com

ⓒ 이선영, 2021
ISBN 979-11-91075-02-1